# 아리랑 고개 너머

### 한국전쟁 70주년 기념
### 송경자 구술 자서전

구술: 송경자 · 편집: 정병진

# 차 례

## 3. 서러운 홀로서기 65

## 4. 생명의 씨앗이 되고자 110

4

## 5. 아이들을 키우면서 161

## 6. 농사에서 얻은 지혜 198

# 머리말

어머니가 간간이 들려주시곤 하던 살아오신 이야기를 틈틈이 녹취해 정리해야겠다고 마음먹은 건 벌써 십 수 년 전 일이다. 그럼에도 작은 분량의 자서전 한 권을 펴내는데 오랜 세월이 걸렸다. 순전히 바쁘다는 핑계로 집중과 노력을 게을리 한 탓이다. 완성도를 높이자면 한도 끝도 없을 거라는 변명으로 아쉽고 부족하나마 지금껏 채록한 내용을 내 놓는다.

내 어머니 구술 자서전을 펴내는 이유는 역사라면 왕조사나 영웅사가 마치 전부이기라도 한다는 듯 극소수 위인들 조명에 익숙한 세태에 동의할 수 없기 때문이다. 어쩌면 사람들이 별로 주목하지 않는 시골의 한(恨) 많은 어느 여성 인생사가 그 흔한 위인전보다 굴곡진 이 땅 역사 단면을 압축적으로 더욱 생생히 잘 보여줄지 모른다. 한 평민이 삶속에서 터득한 지혜가 그 어떤 명사의 교훈보다 더 큰 울림을 주고 실속 있는 참고가 될 수도 있다.[1]

---

1) '민중의 사회전기'란 개념을 도입해 그 중요성을 널리 알린 사람은 김용복 박사(전 한일장신대 총장)이다. 그는

하지만 아쉽게도 '자서전'을 남기는 사람은 여전히 유명인들이나 일부 지식계층인 경우가 대부분이다. 문맹률이 제로에 가까운 나라임에도 자기 인생사를 정직하게 글로 정리해낸 사람은 극히 드문 형편이다. 세대에서 세대로 전승되어야할 소중한 기억과 경험이 아쉽게도 너무 많이, 쉽고 빠르게, 조용히 사라지는 중이다. 이 책은 그렇게 서둘러 흘러가는 기억의 강가에서 두 손으로 떠 올린 한 움큼 물 정도나 될는지 모르겠다.

'구술 자서전'이라니까 자못 거창해 보이지만, 실은 어머니를 뵐 때면 기회가 있을 때마다 녹음기를 켜고 궁금한 내용을 묻고 답변을 들어 그 녹취록을 풀어 정리한 거다. 마음 같아서는 어머님의 구수한 사투리나 평소 말투까지 그대로 살리고 싶었으나 가독성을 높이고자 표준어로 바꾸고 표현도 조금씩 다

---

"민중의 사회전기는 경제적으로 가난함의 이야기이며, 사회적으로는 불평등의 구조 밑바닥에서 사는 삶의 이야기이고, 도덕적 문화적 가치 척도에서 소외된 삶을 살 수밖에 없는 자의 이야기이며, 힘의 관계에 있어서도 아무 권력도 없는 약자의 삶의 이야기"라 정의한다. 그는 특히 '여성 민중'의 삶에 주목했다. 김용복, 『한국민중의 사회전기』(한길사, 1987), 44.

듬었다. 하지만 어머님이 들려주신 어떤 사실 자체를 일부러 왜곡하거나 바꾸진 않았다. 가급적 어머님이 말씀하신 그대로 살리고자 하였다.

처음부터 의도하지는 않았지만 어머니는 주로 한국전쟁 전후 시절을 비교적 또렷하게 기억하셨다. 가장 쓰리고 힘든 시기였기 때문이 아닐까 싶다. 어머니는 자신의 일생을 자세히 쓰려면 스무 권 넘는 장편 소설 분량으로도 부족할 거라고 하셨다. 아마 전쟁을 겪은 그 세대 어른들이라면 다들 비슷할 거다. 그만큼 생지옥 같이 끔찍한 경험을 너나없이 하였고 모질고 쓰린 시절을 근근이 견디며 살아왔다.

여느 사람이라면 부끄럽고 감추고 싶은 사실들조차 어머니는 크게 주저하지 않고 담담히 들려주셨다. 어떤 일화를 말씀하실 때는 그때 일을 떠올리며 서러움에 북받쳐 눈물을 쏟기도 하셨고, 어떤 이야기를 하실 때는 그 생각만 하면 통쾌하고 재미있다는 듯 박장대소하신 적도 있다. 인생의 막다른 골목에서 하늘을 원망하며 속울음을 삼키시는 장면도 나온다.

이 작은 구술 자서전에는 말 그대로 어머님의 '희로애락'이 고스란히 묻어 있다. 그렇다고 한 편의 성장소설 같은 이야기만 있는 게 아니다. 어떤 내용은 단편적이나마 한국 교회 초기 선교 역사를 재구성하는데 필요한 실마리로 보이기도 한다. 일제 강점기 다들 끼니조차 힘든 시절에도 더 어려운 이웃을 생각하며 밥과 일거리를 나누고 서로 버팀목 역할을 하던 눈물겨운 이야기도 나온다. 민중의 슬기와 꾸밈없는 생활사를 엿보게 하는 대목들도 적지 않다.

이 자서전에는 어머니 말고도 여러 인물들이 나온다. 잠깐씩 나오는 그들 모습에 비추어 오늘 우리 자신을 돌아보고 삶의 자세를 가다듬는 데 참고가 될 수도 있으리라. 부디 이 책을 읽고서 자극받고 용기를 얻어 앞으로 더 많은 사람이 자신의 살아온 내력을 남겨 자라나는 세대를 위한 디딤돌을 놓아 주기를 바란다.

2020. 7. 30
정병진

# 1. 요나 같은 집안 내력

## 소롱리 교회 시절

**- 어머니가 태어나실 때 집안 상황이 어떠하였는 지 혹시 들으신 건 없으세요?**

할아버지(송종익)가 독자인 아들(송영옥)만 두고 있어서 자손을 잇고자 아들이 태어나길 간절히 바라셨지. 그런데 내 어머니(변봉임)가 딸인 나를 낳자 할아버지가 좀 서운하게 여기셨단다. 그런데 두 번째로 내 동생(송선자)까지 딸로 태어나자 우리 할아버지가 "자손이 귀할라나 보다"라시며 슬퍼 눈물을 흘리셨다고 하더라.

**- 외증조 할아버지(송종익)의 가족관계는 어떻게 되나요?**

우리 할아버지 형제가 딸 둘, 아들 둘, 4남매였다.

그런데 어머니가 일찍 돌아가신 뒤 아버지(송덕삼)가 새장가를 가서 아들을 또 낳았단다. 그래서 우리 할아버지가 배다른 형제(송인철)까지 삼형제였다. 지금도 그 후손이 광주에서 많이 살고 있다. 우리 아버지(송영옥)의 형제는 사남매였는데 큰 아들이 일찍 세상을 떠났고 막내딸도 아홉 살 때 죽었다. 그래서 아버지와 고모(송애순)만 남게 되었지.


- **외증조 할아버지가 장성 대방에 자리 잡기까지 과정을 좀 이야기 해주세요.**


우리 할아버지가 젊은 시절에 장성 대방에서 살 때부터 예수를 믿었다고 하더라. 그래서 미국 선교사를 도와 장성 삼서면 소룡리 교회를 개척하고 그 교회 사찰 집사를 하면서 교회를 크게 부흥시키는데 일조했단다.[2] 그 교회 앞에 초등학교가 있어. 지금

---

2) 장성 삼서면 소룡리 교회는 1905년 배유지(Eugene Bell) 선교사의 조사(助師: 한국인 목회자가 양성되기 전 선교사의 목회를 돕던 사람)인 김문삼과 이계수의 전도로 세워진 장성지역 최초 교회로 알려져 있다. 지금은 장성 성광

도 가보면 있더라. 할아버지가 그 교회 사찰 집사를 할 때 큰아들(송영찬)이 교회 옆 초등학교에 일곱 살 때 입학해 다녔다. 그해 운동회가 열려 수많은 사람이 구경하고 있었다. 우리 할머니가 집안일을 마치고 잠깐이나마 운동회를 보려고 아기를 안고 갔단다. 그 아기가 우리 아버지인지는 잘 모르겠다. 운동회에 갔더니 사람들이 다들 왁자지껄 웃더란다. 그래서 왜 그렇게 웃는지 몰라서 가보니 사람들이 하는 말이 "아이고, 왜 이제야 오셨소? 조금 전 당신 아들 때문에 다들 한바탕 웃었습니다."라고 그러더란다. "왜 웃었느냐?"고 물었더니 그 이유를 알려 주더란다.

당시에는 학생들이 한복을 입고 학교에 다녔어.

---

교회로 개명하였다. 소롱리 교회가 세운 소학교 교사로 재직하던 송주일 씨는 1919년 3월초 자신의 은사인 광주 숭일학교 교감이던 송흥진(송종익의 동생)의 편지를 받았다. 그 편지에서 송흥진은 "조선은 이제 독립되었으니 너는 면사무소와 거주지 이장은 물론 남녀노소를 막론하고 모든 사람에게 이 좋은 소식을 알려라. 광주에서는 벌써 학생들은 물론 모든 민중이 독립만세를 부르기로 하였다"고 적었다. 송주일은 3월 10일 신자 70명을 교회에 모아 이 편지를 낭독하였고 17일에는 더 많은 사람을 모아 만세 시위를 할 계획을 세웠다. 그러다가 사전에 발각돼 옥고를 치렀다.

그래서 우리 큰 아버지도 한복을 입고 바지에 대님을 하고 보신을 신은 차림이었단다. 그 운동회에서 학생들 장거리 달리기를 시켰나봐. 그런데 우리 큰아버지(영찬)가 잘 달리다가 대님이 풀어지자 땅바닥에 털썩 주저앉더니 "대님이나 묶고 가야겠다!" 하며 경주를 멈추고 한가롭게 대님을 묶더란다. 그 모습을 보고 사람들이 깔깔대고 크게 웃었던 거였단다.

할머니 말씀에 따르면 우리 할아버지네가 교회 사찰 집사를 할 무렵, 어느 여자 선교사가 '전도부인'(오늘날 여성 전도사를 그 당시에는 전도부인이라 칭했다)으로 와서 식구처럼 함께 지내기도 했단다. 그 전도부인은 우리 할머니가 음식을 해드리면 "음식 솜씨가 훌륭하시다, 맛있다!"는 칭찬도 많이 하고 그랬다더라.3)

그렇게 지내며 교회가 크게 부흥할 무렵인데 그 본바닥 사람이 우리 할아버지가 사찰 집사를 맡아

---

3) 소룡리 교회에서는 배유지(Eugene Bell) 선교사, 도대선(都大善/ S . K . Dodson) 선교사, 남대리 ( L.T. Newland) 선교사 등이 주로 목회하였던 것으로 알려졌다. 하지만 여성 선교사 중에 전도부인(오늘날 여성 전도사)으로 일한 사람이 누군지는 아직 밝혀지지 않았다.

일하는 걸 아니꼽게 보았나 보더라. 그래서 할아버지가 '시기 부리는 사람이 있으면 교회가 안 되는 거다. 아무래도 내가 딴 데로 가야겠다.'고 결심하고는 이사를 가셨지. 그 뒤부터 영광, 광주, 장성 장암, 전북 순창 등 여러 곳으로 이사를 다니며 무척 고생을 많이 하셨단다. 누가 시기를 하든 말든 소룡리 교회에서 눌러 있었으면 그 고생을 하지 않았을 텐데 할아버지가 큰 실수를 하신 거였지. 그동안 모아둔 돈도 여러 군데 이사 다니면서 다 없어졌어.

## 슬픈 목포 생활

목포에서 살던 시절에는 할아버지마저 병이 들었다. 지금 생각하면 아마 '대상포진'에 걸렸나 본데, 그때는 '등창 났다'고 했어. 등에 종기가 나서 일도 못하고 그러셨지. 우리 할머니도 어디에 가서 날품팔이 할 곳도 없어 온 가족이 굶어야 했단다. 오죽하면 남매에게 "너희라도 어디든 가서 밥 좀 얻어먹고 오너라"고 내보냈다. 그랬더니 둘이 나가서 밥을 얻어먹기는커녕 길을 잃고는 집을 못 찾아 한동안 헤 맸다고 하더라. 고모가 들려준 말이 그래.

목포까지 이사 간 까닭은 그곳에 가면 누가 취직 을 시켜준다고 해서 내려간 거래. 근데 취직시켜 준 다던 사람은 돈만 받아 챙겨 어디론가 도망쳤다. 그 래서 취직도 못하고 병까지 얻어 온 식구가 오갈 데 없는 가련한 신세가 되고 말았지. 남의 사글세방을 얻어 사는데 방세를 못 주니 늘 애가 타고 할아버지 는 일도 못하는 상태라 온 식구가 굶어 죽을 지경이 었단다.

그래서 며칠을 굶어 애들마저 죽게 생기자 "너희 라도 나가 어디든 가서 밥 좀 얻어먹고 오라"고 한 거였다. 근데 한동안 길을 잃고 헤매다 겨우 돌아왔 지. 다행히 이웃들이 그 사정을 알고는 밥을 조금씩 갖다 줘서 그걸 먹었다고 하더라. 그 정도로 몹시 곤궁한 상황이었다. 그 이야기를 생각하면 너무 슬프 다. 우리 할머니는 '내일 아침에 내가 나가서 밥을 얻어다 너희를 먹여야겠다'고 결심하였단다. 하지만 막상 아침이 되자 밥을 얻으러 나가시지 못했대.

그리고 며칠을 망설이다가 '이대로 굶어 죽는 거

보다는 낫겠다'는 생각에 마침내 소쿠리를 하나 들고 밥을 얻으러 나서셨지. 우리 할머니는 옥색치마에 하얀 저고리를 점잖게 차려 입고 새벽부터 멀리까지 가셨단다. 어딘지도 잘 모르는 곳까지 가셨는데, 길가에 마당이 길로 연결된 어떤 집이 있어서 그 집 마루에 걸터앉아 있었대.

날이 밝자 그 집 주인 아저씨가 깨어나 방문을 열고 밖에 나오자 낯선 아주머니가 마루에 앉아 있는 걸 보고 깜짝 놀랐지. 그가 "누구시냐, 무슨 일이냐?"고 묻자 할머니가 솔직히 자초지종을 말해줬어.

그 사람은 사연을 듣고 사정이 너무 딱했던지 "그러면 내가 시키는 대로 해보라"며 방법을 일러 주더란다. "지금은 이른 아침이라 다들 아침을 지을 시각이니 동네 집집마다 들러 내가 조금 뒤에 다시 오면 밥 한 그릇만 준비해 두었다가 달라"고 부탁해 놓으라는 거였어. "이 동네 인심이 그래도 좀 괜찮은 곳"이라며 그런 말을 하더래. "그러고 다시 가면 틀림없이 밥을 넉넉히 얻을 수 있을 거"라는 얘기였지. 그 말이 사실이든 아니든 간에 말만 들어도 뭔가 한 가닥 희망이 보이는 거 같아 살겠더란다. 그래서 시키

는 대로 했더니만 실제로 밥을 소쿠리 한 가득 얻게
되었지.

그 밥을 흰 보자기로 덮어 머리에 이고 집에 와
보니 식구들은 "이웃집에서 밥을 갖다 줘서 이미 먹
었다"고 하더란다. 가져간 밥을 보신 우리 할아버지
가 "여기 이웃들이 모두 어려운 형편 중에 우리에게
밥을 나눠줬으니 한 그릇씩 갖다 주라"고 하셨대. 그
래서 다 나눠주고 남은 밥으로 며칠 동안 먹었다고
하더라.


## 기사회생


그런데 어떤 노인이 그 소문을 들었던지 찾아와서
는 "내가 일본 집에 가서 물건을 좀 얻어 줄 테니
나를 따라다니며 장사를 좀 해 보는 게 어떠냐?"고
하였다. 그래서 그 할아버지가 물건을 외상으로 얻어
줘서 우리 할머니가 그걸 머리에 이고 팔러 다녔지.
하지만 장사를 안 해봤던 사람이라 부잣집은 무서워
서 들어가지 못하고 가난한 집들만 들르니 처음에는

물건이 잘 팔리지 않았어. 그래도 자주 다니다보니 점차 통이 커져서 어느 날은 부잣집에 들렀는데, 그 집 주인 아주머니가 나와서 우리 할머니를 훑어보더니 "내가 보니 댁은 이런 장사할 사람은 아니요. 우리 집 일을 좀 하시오" 그러더란다.

　그래서 "무슨 일이든 시켜 주면 하렵니다. 무슨 일을 할까요?"라고 했더니 "그 물건은 내가 다 살 테니 내일부터 우리 집에 와서 집안 일 좀 하시오." 라고 하였지. 이튿날 그 집에 갔더니 부잣집이라 가정부 처녀를 하나 두고 있었고 빨래나 청소, 바느질, 김치 담기 같은 일을 시키더란다. 그런 일이야 우리 할머니가 잘 하시지. 그래서 그 집에서 파출부로 5년 동안 일을 하셨단다. 꼬박꼬박 월급도 받았고 일을 마치고 집에 갈 때는 밥을 양푼으로 한 가득씩 줘서 얻어오곤 하였지. 그러는 동안 할아버지가 차츰 원기를 회복해 나락마당에 다니면서 돈을 벌었다더라. 나락을 많이 널어서 그걸 서울로 보내는 공장에서 일을 하신 거야. 그렇게 돈도 벌고 친구도 많이 사귀면서 목포에서 그럭저럭 자리를 잡아갔다.

## 큰아버지의 죽음

그 시절 내 큰아버지(영찬)는 열여섯 살쯤이었는데 일본 사람이 운영하는 상회에 취직하였다. 그 일본인이 무역회사 사장이었나 보더라. 일본 드나들 때 우리 큰아버지를 일본에 데리고 가기도 한 적도 있었단다. 큰아버지가 그 회사에서 일하다가 한 번씩 집에 들를 때면 "사장이 사줬다"며 멋진 옷도 차려 입고 돈도 꽤 가져 오고 그랬단다. 그 시절에는 동네 길이 잘 닦여 있지 않아 집에 들어오는 길이 논두렁 길이었는데도 자전거를 타고 다녔지.

그러던 어느 날이었다. 집에 올 시간이 아닌데도 갑자기 큰아버지(영찬)가 집에 왔단다. 그래서 "어째 오늘은 일찍 왔냐?"고 물었더니 "내가 머리가 좀 아파요. 나 편안히 누워 쉬고 싶소" 그러더래. "그럼 쉬어라"고 했더니, 자리에 누워 머리에 심한 열을 내며 앓았지. 그래서 우리 할아버지가 그 지역 침 잘 놓는다는 의원을 서둘러 불렀다. 의원이 와서 진맥을 해 보더니 "혹시 개 잡어 먹은 일이 있소?"라고 묻더란다.

당시 살던 집은 우리 할아버지가 밭 가운데 있던 땅을 사서 거기에 새로 지어서 들어가 살던 곳이야. 새 집을 짓고는 친구들을 불러 개를 잡아 잔치를 벌인 적 있단다. 그러고 한동안 잘 살았는데 느닷없이 큰아버지가 크게 아팠지. 개를 잡아먹긴 하였지만 꽤 시일이 지난 상태라 "왜 그러냐?"고 했더니 의원이 "이것 좀 보라"며 침을 놓고자 옷을 들춰 보여주더란다. 그러자 온 몸이 마치 개를 잡고자 불에 그슬려 놓은 거처럼 피부가 얼룩얼룩하니 시커멓더란다. 의원은 "개 잡아 먹은 일이 있어 지골(손·발가락뼈) 맞아서 침으론 안 되겠다"는 말을 하였어. 그러고는 옷을 다시 입혔는데 금세 큰아버지 숨이 끊어지고 말더란다. 청천벽력 같은 일을 겪은 것이지.

근데 큰아버지가 집에 오기 전에 할아버지가 이상한 꿈을 꾸셨다고 하더라. 꿈에 어느 산에 갔는데 그 산에 구덩이가 나란히 세 개가 파져 있더래. 그곳에 머리 하얀 영감 둘이 나타나서는 자기들끼리 하는 말이 "이 구덩이는 내일 모레 곧 들어올 자리고, 양쪽에도 들어올 자리다"는 말을 하였단다. 그런 이상한 꿈을 꾸었는데 큰아들이 죽고 만 거야.

큰아들이 죽자 할아버지 친구들이 와서 매장을 해 줬고, 할아버지에게는 "장남을 먼저 보내 속상하니 묘소에도 오지 말라"고 했다더라. 나중에 그 묘 자리를 찾아가서 봤더니 딱 꿈에 보았던 그 자리더란다. 그렇게 큰아들이 죽자 할아버지는 큰 실의에 잠겨 더 이상 일도 나가지 않으셨고 집에서 지내셨다. 그 뒤 조금 지나 아홉 살 밖에 안 된 우리 막내 고모가 죽었다더라. 그렇게 생떼 같은 남매를 차례로 잃고 말았어. 막내 고모가 목포에서 살 무렵 사망하였는지는 불분명하다. 다만 큰아버지가 돌아가신 뒤에 죽은 거는 틀림없어. 그 즈음 우리 할아버지 동생(송흥진)이 "전북 부안으로 이사 오라"고 불렀지.

## 대방에 살기까지

- 그러면 외할아버지와 함께 장성 소룡리 교회를 개척했다는 미국인 선교사는 누구예요?

누군지는 모르겠어. 할머니에게서 들은 이야기이니까.

- 동생 송흥진 장로는 오랫동안 타마자 선교사와 함께 일하셨습니다. 혹시 두 형제가 타마자 선교사를 만나 예수를 믿기 시작하였던 게 아닐까요?

그럴지도 모르지. 하지만 우리 할아버지는 도중에 빗나가고 말았어. 목포에서 살만 했는데 큰아들이 죽어 실의에 잠겨 있을 때 동생이 '전북 부안으로 오라'고 불렀다. "부안에서 예수 믿으며 함께 살자"고 그랬겠지. 그래서 부안으로 이사해 여러 사람과 드넓은 황무지를 개간해서 벌어먹고 잠시 살았다. 그런데 선교사와 동생이 '땅세'를 너무 비싸게 받더란다.4)

---

4) 타마자 선교사(他馬子, Johjn van Nanste Talmage)는 유대계 미국인이며 1910년 조선에 입국해 1942년까지 주로 담양, 장성, 송정리, 순창, 부안 등을 중심으로 선교 활동을 펼쳤다. '타 깍쟁이'라는 별명을 얻을 정도 냉혹한 근검절약 생활을 한 것으로 알려졌다. 그는 선교부 재산을 지키고자 7년간이나 공을 들여 1930년 전남노회 재단법인을 설립하였다. 일제의 진주만 공격(1941. 12. 7) 이후 체포돼 약 4개월간(1941. 12. 8~1942. 4. 9) 옥고를 치른 뒤 이듬해 6월 1일 강제 추방되었다. 「담양 곡성 타임스」 '담양 지역 최초 선교사 타마자의 삶(上)' 2016. 4. 26. 참고.

부지런히 일해도 땅세 주고나면 남는 게 없어서 할아버지는 '이렇게 살면 안 되겠다'고 생각하셨지.

너희 외증조부는 '어렵게 사는 사람들이 황무지를 개간해 벌어먹고 살려 애를 쓰는데 땅세를 비싸게 받으면 평생 종노릇 밖에 더 하겠는가'라 생각하셨기에 그 일로 동생(송흥진)과 심하게 다투기까지 하였다. 우리 할아버지는 동생에게 "예수 믿어 천당 간다고? 아니, 만당이나 가거라!"라는 악담까지 하였다더라. 그 뒤 우리 할아버지는 변변한 재산도 없이 가족을 이끌고 대방(대악리)으로 이주하셨지.5)

할아버지가 사방 여러 곳으로 이사를 많이 다녀보셔서 어디서 사는 게 좋은지 아셨나 보더라. 그래서

---

타마자는 4개월의 수감 생활을 하는 동안 자신의 선교 행적을 남겼다. 그 내용은 『한국 땅에서 예수의 종이 된 사람』(한국장로교출판사, 1998)으로 번역 출간됐다.

5) 송종익의 동생 송흥진(1886~1960)의 옛 호적 등본을 보면 본적이 '전남 장성군 북하면 대악리 779번지로 나온다. 하지만 별세하였을 당시 제자인 김권수 장로(담양 양지교회)가 작성해 낭독한 약력에는 "1884년 4월 14일 장성군 장성면 장안리(長安理)에서 송덕삼 씨의 차남으로 출생"이라 적혀 있다. 손녀 송경자도 "할아버지가 장안 출신이고 젊은 시절 대방(대악리)에서 살기도 한 적 있었다"는 말을 할머니에게서 들었다고 한다.

늘 하신 말씀이 "먹고 살기는 시골 산중이 좋다."고
하셨단다. 그때만 해도 나무를 해다가 방에 군불을
때야 하던 시절이라 "땔감 마음대로 때고 농사 지어
배부르게 하고 사는 건 시골이 좋다"고 하신 거야.
그래서 대방으로 갔단다.

# 2. 전쟁의 광풍 속에서

## '귀둥이'로 나다

– 앞서 외할머니가 딸을 낳자 외증조부가 실망하셨다고 하셨어요. 근데 둘째까지 딸을 낳자 자손을 잇지 못할까봐 슬퍼 울기까지 하셨다고 했는데, 어머니 유년시절에 기억에 남는 건 없으세요?

　나는 할아버지가 동네에서 한약방을 하며 그런대로 먹고 살만할 무렵에 태어났어. 우리 할아버지가 부지런히 일해서 모은 돈으로 논도 여덟 마지기와 밭 서너 마지기나 되었지. 가세가 막 일어나던 참이었다. 우리 할아버지가 여러 곳을 돌아다니며 너무 힘들게 살아 보셨기에 가난에 찌든 사람들을 보면 늘 도와주려 그러셨단다.

　그 동네 김○○ 씨네 집도 무척 가난해 끼니조차 잇기 어려운 형편이었다. 근데 우리 할아버지가 그 집 식구를 먹여 살리다시피 하였다더라. 그 집 아주머니가 들일을 하고 나서 자기 집에 가봐야 밥도 없고 그러니 가지 않고 무작정 우리 집에 찾아와서 할머니 일거리를 빼앗다시피 일손을 거들고 그랬단다. 그러면 우리 할머니가 그 집 식구들을 다 오라해서 밥을 먹이고 그렇게 하는 날이 많았다더라. 그런 이야기를 그 양반과 우리 할머니에게서 들었다.

　우리 할아버지 가족이 대방에 들어와 처음에는 산비탈에 움막을 짓고 사셨다. 근데 그 산 주인에게 이 사실을 알리고 '뜯게 하라'고 재촉해서 그 움막을 뜯게 한 사람이 ○○ 씨 큰 아버지다. 그는 자기네는 도둑질을 해서라도 잘 먹고 살면서 어렵게 사는 동생네는 돌아보지 않았다. 근데 우리 할아버지가 ○○ 씨 가족을 많이 챙기셨단다.

- **○○ 씨 큰아버지가 산 주인을 부추겨 움막을 뜯게 한 뒤에는 어찌 사셨답니까?**

　우리 할아버지가 당하고만 살 분은 아니셨지. 산 주인이 "움막을 뜯으라."고 하자, "뜯겠다"고 하고선 경찰서에 신고를 했어. "이만저만 해서 내가 가진 게 없어 어떻게든 살아보고자 산에 움막을 쳐 놓고 산전을 일궈 겨우 먹고 사는데 동네 아무개가 산주에게 말해 집을 뜯으라고 한다. 너무 억울하다. 해결 좀 해 달라"고 호소를 한 거야.

그러자 경찰서에서 ○○ 씨 큰아버지를 불러 서장이 그 사람 뺨을 마구 때리더란다. "남이 산속 움막에 사는 꼴조차 못 보겠으면 네 집이라도 내 놓아야 하지 않느냐?"며 혼쭐을 낸 거야. "네 집을 이 사람에게 내 주겠느냐, 안 내주겠느냐?"며 할아버지 보는 앞에서 뺨을 마구 때렸다고 하더라.

○○ 씨 큰 아버지는 그렇게 뺨을 흠씬 얻어맞고는 마지못해 "집을 내 주겠다"고 거기서 서약서를 쓰고 도장까지 찍고는 자신 집을 내 주었단다. 그래서 그 사람이 자기 집 큰 방을 내주었고, 집을 다시 짓는 동안 자신들은 작은 방에서 지내다 새로 집을 짓고 나가 살았다고 하더라.

나 태어날 때에는 우리 집 형편이 그럭저럭 살만했어. 우리 할아버지가 한약방을 하면서 남 좋은 일을 많이 하고 그러니까 사람들이 우리 집에 오면 나를 '귀둥이'라며 나를 귀여워했단다. 그래서 마귀가 나를 갖고 놀았던지 이상하게 외가만 갔다 오면 몸이 자주 아팠어. 그러면 대방 풍기마을에 살던 '손

비비는 사람'을 불러다가 손 비비고 그런 적이 많았
단다. 외가만 가면 내가 자주 아파서 우리 어머니가
나를 외가에 데려갈 수 없었다. 그래서 친정에 갈
때는 나에게 젖을 먹이느라 하루 세 번씩 산을 넘어
다니셨다고 하더라. 나를 외가에 못 데려가게 하니
밥 때가 되면 산을 넘어와 젖을 먹이고 친정에 돌아
가고 그랬다는 거야. '질마재'라고 그 재를 넘으면
도곡이 나오거든.[6]

　그 질마재는 '도곡재' 또는 '물빤재'라고도 불렸다.
'질마재'라는 명칭에는 전설이 있다. 옛날 어떤 선비
가 과거를 보러 말을 타고 그 고개를 넘어 가서 장
원급제를 한 뒤부터 '질마재'라 부르기 시작했단다.
질마재에 비해 '도곡재'라는 명칭은 드물게 쓰였고,
옛날에는 도곡을 '물빤'이라 칭하였기에 질마재를
'물빤재'라고도 자주 불렸다.

---

6) 지도를 살펴보면 대방마을 왼쪽 250m 높이의 산을 넘어
　가면 도곡이 나온다. 대방 마을회관에서 직선거리로는
　1.2km지만, 산길을 걸어 질마재를 넘어 다녀야 했으므로
　가는 데만 족히 한 시간은 넘게 걸렸다. 그 산길은 본디
　급경사로 나 있었다. 하지만 송경자의 조부와 부친이 사
　흘 걸려 팽이로 사람이 다니기 좋게 닦았다. 변봉임이 친
　정에 편히 다니게 하기 위해서였다.

도곡 동네 앞에 큰 정자나무와 회관이 있었다. 여름이면 그 나무 아래서 오가는 사람이 다 쉬었다 갔고 그곳이 동네 놀이터나 다름없었지. 남자들은 남자들끼리 놀고 여자들은 여자들끼리 앉아 놀고 그랬지. 그러면 지나가는 사람 중에 "질마재(또는 '물빤재')로 가는 길이 어디냐"고 묻는 사람들이 가끔씩 있었다. 그곳이 장사리로 내려가는 길과 산으로 올라가는 길이 있는 삼거리였어. 그래서 "이쪽으로 길을 타고 계속가면 질마재(물빤재)로 넘어가요"라고 알려주곤 하였지.

– '손 비빈다'는 게 뭘 말하는 거예요?

윗목에 밥 차려 놓고 귀신한테 비는 걸 말하는 거야. 그렇게 하면 내가 낫고 그랬단다. '손 비비는 사람'이란 그런 걸 전문으로 하던 무속인이야. 나 키울 때 우리 집에서 그런 짓을 계속하였다더라.

- **외증조부는 예수를 믿었던 분이고 꽤 유식하셨다면서 왜 그런 미신을 믿었답니까?**

유식한 거와 그런 미신을 믿고 지키는 거는 또 다른 거야. 할아버지가 즐겨 읽으셨던 중국소설 명장전(名將傳) 책들에도 보면 귀신이 많이 나온다. 그러니 귀신의 존재를 당연히 여기고 귀신을 달래면서 살았던 거 같아. 더욱이 우리 할아버지가 생떼 같은 내 큰아들과 막내딸을 잃은 적 있어서 우리 할머니가 그런 무속인을 불러 미신 지키는 짓을 해도 그냥 놔두셨던 거 같다.

- **외증조부(송종익)는 언제 돌아가셨고 그분에 대한 기억은 있으세요?**

내가 네 살 때 돌아가셨다(1948년). 우리 할아버지가 돌아가신 지 1년 만에 아버지도 돌아가셨다. 할아버지에 대한 유일한 기억은 나를 업고 가시다가 뽕나무에 달린 오디를 지팡이로 떨어서 나에게 주셨던 게 기억난다. 우리 할아버지가 나를 업고 뒤란 삼밭에 가시는데 뽕나무에 오디가 까맣게 익어 있어서 지팡이로 그걸 탁탁 건드려 따서 그걸 내 입에 넣어 주셨다. 나를 귀하다고 땅에 놓지도 않고 그렇게 업고 다니셨지.

**- 외증조부는 무슨 병으로 몇 세 때 돌아가셨어요?**

정확히는 잘 모르겠어. 우리 할아버지가 한약방을 하면서도 자신 병은 못 고치셨지. 우리 아버지에게 늘 하신 말씀이 "내 병은 못 고친다. 화타(華佗: 중국 한나라 말기 의학자) 같은 사람을 만난다면 모를까 다른 사람은 못 고친다" 그러셨단다. 아마 아직 정정하실 때인 오십대 정도에 돌아가셨을 거다.

## 학살당한 아버지

**- 외할아버지(송영옥)가 6.25전쟁 직전인 1949년 4**

**월, 경찰들에게 처형을 당하셨다고 하던데 어찌된 일이예요?**

반란군(빨치산)도 아니셨는데, '반동'이라며 국군이 끌고 가 죽였단다. 그 지역이 반란군(빨치산) 판이었는데 반란군을 숨겨줬다며 '반동'으로 몰려 처형당했어. 우리 아버지는 아무런 죄도 없이 끌려가 돌아가셨어. 죄가 있다면 단지 동네 이장(당시 명칭은 '구장')을 맡고 계셨기에 그 죄로 돌아가신 거야. 그 당시에는 반란군(빨치산)이 오면 사람들이 무조건 이장 집으로 먼저 보냈거든.

어느 날 반란군(빨치산) 연락병이 한 명이 우리 집을 찾아왔다. 임곡(장성 서산면) 사람인데 우리 아버지를 '어떻게 해서든지 설득해 데려오라'는 임무를 맡아 왔단다. 근데 우리 아버지는 그의 설득에 넘어가지 않으셨다. 다만 그 사람을 우리 집에 며칠 묵게 하셨다. 그가 곧장 나가면 붙잡혀 죽으니 우리 집에서 숨어 있게 한 것이지.

그 연락병은 윗방에 머물러 있었다. 그가 요강에 똥을 누면 그걸 아무도 비우려하지 않았단다. 근데 외할머니가 우리 어머니 대신 비우면서 손을 넣기 싫어 지푸라기를 길게 뭉쳐서 지푸라기로 요강을 씻었다는 얘길 하신 걸 들은 적 있다. 그러던 어느 날 우리 아버지가 그 사람에게 "얼른 가라, 여기 그대로 있다가는 죽는다, 얼른 가라"고 겨우 겨우 달래서 보냈다. 근데 그 사람이 가다가 장성 사거리에서 검문 도중 붙잡히고 말았지.

당시 반란군(빨치산)들은 요즘으로 말하자면 주민 등록 기록에 빨간 줄이 그어져 다 표시가 돼 있었다고 하더라. 그래서 "너 어디서 오냐?"고 물으니 그가 우리 아버지 이름을 댔어. 그 말을 듣고는 즉각 경찰들 동원해서 우리 아버지를 잡아가버린 거지.

북하면 하만리 김○엽 씨[7]라고 있어. 그 집 아들이 굉장히 똑똑한 사람이었는데, 그가 빨치산 전남총사령관이었다더라. 그 양반과 우리 아버지가 친했단

---

7) 송경자의 증언에 따르면 김○엽 씨는 면 직원으로 근무하였으나 아들의 빨치산 활동이 알려져 해임되고 말았다. 거기서 그치지 않고 사상범 조사가 진행되자 그는 북하면 궐전으로 이사해 은신하였다. 하지만 형사들이 그를 찾아내 조사하였고, 그의 큰 아들 김○○ 씨가 동생의 빨치산 활동 때문에 교도소에서 약 20여 년간 복역했다. 지금은 돌아가신 걸로 알려졌다.

다. 그 말은 누구에게 들었냐면 성암 짝귀 영감님(변봉임이 재혼한 남편 진창연)한테 들었어. 그 영감이 우리 아버지에 대해 잘 알았어. "너희 아버지가 참 아까운 놈이다"면서 그런 이야기를 하더라.

두산이 아버지(송대영: 어머니 할아버지의 동생 송홍진의 3남) 누나의 본 남편(박○○)이 좌익 쪽으로 우리 아버지랑 통했는가 보더라. 그는 여수 사람인데 슬하에 딸(박경자) 하나 낳고 여순사건 당시에 여수에서 돌아가셨다. 그 분이 무슨 연유로 사망하셨는지는 자세한 내막은 모른다. 여기 동네 사람 말을 들어 보니 우리 아버지는 당시 장성에서 살면서 담양 작은 집을 온 적이 있다. 우리 아버지가 그 분의 사촌 처남이야.

그런데 그 양반하고 우리 아버지하고 뭔가 통하는 게 있었나봐. 이 동네 만석 씨 어머니가 보니 자신의 집 뒤란에 앉아서 둘이서 한참 무슨 이야기를 하더란다. 그런데 너희 외증조부(송종익)가 "그런 이야기하려거든 여기 오지도 말라"고 막 혼내시고 그랬다더라. "저 놈들이 아주 못쓸 놈들!"이라면서 "그런 얘기 하려면 여기 오지 말라"고 호통을 치셨대. 그런 말을 여기 할머니(송홍진의 아내)에게서도 내가 들었다. 그래서 '좌익 사상에 물들었는지도 모른다'고 생각했었지. 그 연락병은 아버지와 평소 전혀 안면이 없는 사람이었어. 반란군들이 우리 아버지를 데려오라는 임무를 주어서 우리 집에 보냈을 뿐, 평소 그 사람과 전혀 아는 사이가 아니야.

우리 아버지는 구(舊)학문에 능통하신 분이셨다. 정규교육을 받으신 건 아니다. 학교에 보낸 적은 있지만 일정시대라 차별이 심했나 보더라. 그래서 조금 다니다가 그만 두셨단다. 그때는 전북 변산에서 살고 계셨을 때였어. 우리 할아버지가 내 아버지에게 "너는 땅이나 파먹고 살아야하려나 보다" 하고는 (장성) 장사리로 이주하셨대. 장사리에 들어와 처음에는 산속에다 움막을 짓고 살았다.

우리 아버지는 사상적으로는 깨끗하셨어. 우리 할아버지가 유식한 분이라 신문도 보시고 그러셨다. 그래서 내 아버지에게 "너는 앞잡이 노릇하지 마라. 좌도 말고 우도 말고 중간에 서라"고 늘 당부하셔서 우리 아버지는 좌익에 휩쓸리지 않으셨어.

그런데 우리 아버지가 당시 청년 대장도 하고 마

을 이장도 하고 그런 분이라 반란군들이 탐을 냈던 거 같다. 당시 반란군에 동조하던 사람들은 낮에는 대한민국, 밤에는 반란군 편이었어. 그때는 동네 사람들이 다 그랬지. 우리 아버지가 훈련대장을 하면서 낮에는 청년들을 장성 약수리에 데리고 가서 훈련을 시켰다더라. 그즈음 반란군들이 토벌대에게 한참 밀리던 참이었나봐. 그래서 아버지를 데려 가려고 연락병을 보냈지. 그 연락병이 그토록 오래 설득했어도 아버지는 그를 따라가지 않으셨다.


## 또 한 번의 초상


  아버지가 돌아가셨을 때 어머니는 임신 상태였단다. 내 동생 선자를 낳으시고 4년 만에 임신을 하신 거였어. 지금이야 딸도 귀하게 여기니 딸을 낳아도 상관없다만, 그 당시에는 '아들이 없으면 집안이 없어진다'며 아들을 무척 중시하였다. 그래서 비록 우리 아버지가 돌아가셨어도 뱃속 아기가 아들이면 유복자지만 대를 잇을 거라는 생각에 기대가 컸지. 그

래서 해산할 시기가 다가오자 할머니가 어머니를 친
정으로 보내셨다. 대방에는 밤이면 늘 반란군(빨치
산)이 자주 내려오곤 하여 위험하기도 하고, 아버지
를 잡아간 놈들이 혹시라도 또 와서 해코지 할지 몰
라 친정으로 보내신 거야.

그래서 어머니가 친정에 가서 지내셨는데, 친정이
몹시 가난하였기에 시집간 딸이 와서 있으니 썩 그
리 좋진 않았을 거다. 그즈음 어머니의 당숙이 돌아
가셨단다. 그때는 상여 나갈 때 거리제를 지내고 그
랬다. 근데 우리 외할머니가 거기서 무슨 떡을 얻어
다가 어머니를 갖다 줘서 배고프니 드셨나 보더라.
그걸 드시고는 금방 배가 몹시 아프시더란다. 그래서
"배가 아프다"고 하자, 외할머니가 "애기가 나올라나
보다"며 "너희 집에서 낳아야 하니 너희 집으로 가
자"고 하시더란다.

그래서 외할머니는 산통이 있는 딸을 데리고 길마
재를 넘어 대방 우리 집을 향해 오고 있었지. 함께
가다가 산 중턱에서 우리 어머니가 더 이상 가지 못
하고 거기서 애기를 낳고 말았단다. 근데 애기가 죽
어서 나왔어. 그래서 외할머니가 어머니를 눕혀 놓고

는 마을로 내려와 괭이와 바구니를 가져와 애기를
묻었다. 그러고는 피를 흘리는 어머니를 데리고 대방
으로 가셨다고 하더라. 그러니 내 어머니가 얼마나
골병이 들었겠냐. 집에서 애기를 낳아도 춥다고 군불
을 때야하는데 추운 산속에서 애를 낳고 내려와야
했으니 말이다.

그렇게 느닷없이 찾아와서 "산 넘어 오다가 아기
가 죽어 묻고 왔다"고 하니 우리 집이 금세 초상집
이 되고 말았지. 우리 할머니와 고모는 "이제 이 집
안은 마저 문을 닫고 말았다"며 대성통곡을 하셨다.
그러자 동네 사람들이 와서 "너무 안 됐다"며 위로
하였단다.


**시집간 엄마**


- **외할머니(변봉임)는 어째서 집을 나가셨어요?**

우리 어머니는 장성 도곡이 고향인데 가난한 집에

서 태어나 시집 올 때 아무 것도 해 오신 게 없었
다. 6.25 난리 났을 무렵 어머니가 집을 나간 원인
은 이렇다. 고모가 전북 고창으로 시집가서 딸을 하
나 낳았어. 근데 할아버지가 아프시자 그 딸을 데리
고 할아버지 문병을 와서 잠시 머무는 동안 장성 대
방도 6.25 난리에 휩싸이고 말았지. 그 과정에서 고
모의 남동생인 내 아버지(송영옥)가 돌아가셨고 친정
어머니와 조카 둘만 있어서 고모는 시댁에 돌아가지
못하였다.

　근데 동네 사람들이 우리 어머니에게 자꾸 충동질
을 했나 봐. 어머니가 여기저기 품앗이를 다니며 고
생하셨는데 사람들이 하는 말이, "뭐 하러 그렇게 힘
들여 일하느냐. 시누가 눌러 앉아서 앞으로 남은 재
산 다 가로채갈 텐데" 이런 말을 자꾸 했단다. 그래
서 결국 집을 나가신 거야.

　어머니가 우리 고모하고 싸우고 집 나가던 그때가
지금도 생각난다. 어머니가 집을 나가니 동생이 발을
동동 구르고 막 울면서 따라가려 했지. 그러자 우리
친척 한 사람이 나한테 "얼른 우는 애기 좀 업어 달
래라"고 해서 내가 동생을 업었다.

지금도 그러지만 시골이라 '시누이하고 싸운다 네!' 하니 사람들이 더 구경하러 너도나도 모여들더라. 우리 집이 마치 시장바닥 같이 되었어. 고모는 마루에 앉아서 막 신발을 던지면 어머니는 마당에서 그걸 주워서 시누한테 되던지고 싸웠지. 그때 할머니가 고모의 허리를 꽉 틀어잡고 어머니를 못 쫓아가게 하였다. 그때 일이 지금도 눈에 훤해. 그렇게 서로 신발을 던지고, 받아 되던지고 하면서 욕설로 그간 속에 맺힌 것들을 쏟아내는 거였다. 그러다가 고모가 던진 신발이 어머니 코에 맞아 피가 나고 말았다. 코피가 나자 어머니는 "지서에 가서 고발하겠다!"며 약수리로 떠나 가셨지.

실제로 약수리 지서까지 가서 고발하긴 했나 보더라. 그때 '짝귀 영감님'이 지서에 의경으로 있었어. 그분도 우리 아버지를 잘 알고 있었지.[8] '대방 안면 골 송약방 이장 송영옥 씨가 반란군 연락병을 숨겨줬다는 이유로 끌려가 처형당했다'는 사실도 소문으

---

8) 별명 '짝귀 영감'으로 불린 진창연은 일제 강점기 만주를 다녀왔다. "만주에 가면 일자리도 있고 살기가 더 낫다"고 해서 갔지만 그곳에 가보니 국내보다 더욱 생활하기 힘들어 빈손으로 고향에 다시 돌아왔다.

로 익히 잘 알고 있었을 거야. 그 집 며느리라고 하니까 어떻게든 자신이 붙잡아 데리고 살고자 단단히 마음을 먹었나 보더라. 어머니가 고발을 하니까 '돌아가서 기다리면 나중에 연락을 주겠다'고 해서 어머니는 약수리에서 약방을 하던 친척 집에 들렀단다.

그런데 한 보따리 장사가 찾아와 말을 걸더니 거짓말로 교묘히 성암(장성 북하면)으로 유인하였고 짝귀 영감님과 다시 만나게 하였다더라. 짝귀 영감님이 그 보따리 장사와 짜고는 "무슨 수를 쓰든 어머니를 성암으로 데려오라"고 했던 거였지. 그래서 다시 만나게 되었는데 그 말 잘하는 영감이 "시누에게 그렇게 심한 구박을 받아서 어찌 살겠소?" 하며 위로하는 척 이런저런 말로 어머니를 구슬려 함께 새 살림을 차리기에 이른 것이지.

나중에 어머니한테 들어보니 "내가 집 나갈 때 조금이라도 마음이 떠나서 갔지 그냥 나갔겠냐?"고 하시더라. 당시 고모는 임신 상태였고 할머니는 집에서 우리들을 키우셨다. 어머니 혼자 여기저기 남의 일을 다니며 식구들 먹여 살리느라 무척 고생하셨을 무렵이다. 그런데 함께 일하던 동네 아줌마들이 "왜 그렇게 혼자 고생하며 사느냐. 재산도 시누가 다 차지할 게 뻔한데…"라고 자꾸 부추겨 집을 나가기에 이르신 거 같아.

내가 열 살쯤 되었을 때 우리 할머니가 나에게 "외가나 다녀오너라." 그러시더라. 외할머니가 나를 보고 싶다고 그랬는지 일부러 보내신 거야. 그래서 그 어린 나이에 나 혼자 그 길마재 산을 넘어서 외가를 갔다.[9] 갔더니 외할머니가 "네 어머니 집에 같이 가자"고 하시더라. 하지만 할머니와 고모가 늘 입버릇처럼 '네 어머니는 나쁜 사람'이라고 하셨기에 "안 가겠다"고 떼를 썼지. 그랬는데도 외숙모가 나를 달래면서 기어코 끌고 가서 장성 수성에서 버스를 태워 약수로 보냈다. 거기서 걸어 성암 어머니 사시는 집을 찾아 갔던 거 같아. 가서 보니 몹시 가난해 마을회관 방을 한 칸 얻어 살고 계시더라.

---

9) 송경자는 결혼 전까지 길마재를 넘어 외가와 가느실을 자주 다니곤 하였다. 도곡과 용암천 마을을 지나 더 가면 큰 보가 있고 그 보를 건너 신작로 따라 한참 가면 가느실이 있었다. 그곳 한약방을 송종익의 누님 아들이 운영하였는데 송경자는 그 한약방에 종종 들러 약을 짓곤 하였다. 1970년대(1971~1976년 건설) 장성댐이 들어서면서 가느실은 수몰되었다.

## 동생의 죽음

**- 전쟁 때 동생(송선자)이 일찍 돌아가셨다던데 어떻게 된 거예요?**

　장티푸스로 사람들이 많이 죽었어. 우리 동생도 그 병에 걸렸던가봐. 장티푸스 걸렸는데 그때는 병원도 없고, 병원에 갈 줄도 모르고 그랬지. 밥도 안 먹고 고열만 나서 "뭣이 먹고 싶냐?"고 할머니와 고모가 물으니 "술과 엿이 먹고 싶다" 그러더라. 그래서 술과 엿을 구하려고 했는데 '술'은 못 구했고 그 흔한 엿장수도 안 보여서 엿도 못 먹이고 말았어. 동생은 어디가 아픈지도 잘 모른 채 누워 있었다. 갑자기 배가 아프다고 해서 요강에 앉혀 놓았지. 근데도 계속 배가 계속 아프다고 했던 것이 생각난다.

**-어머니 일곱 살 때 동생이 먼저 세상을 떠났고, 말**

**하자면 전쟁 중에 돌림병으로 병사한 건데 그때 충격이 이만저만 아니었겠네요?**

그때는 어렸기에 충격인지 뭔지도 잘 모르고 그랬다. 지금도 동생에 대해서 생각을 해보면 나보다 훨씬 예쁘게 잘생겼어. 그 애는 어려서 잔병치레를 한 번도 안 했다. 나는 어릴 때 늘 잔병치레를 많이 해서 사람들이 말하기를 "나는 죽을지라도 그 애는 바위 끝에라도 놔둬도 안 죽을 것"이라고 말하곤 하였지. 근데 지금 생각하면 나는 잔병치레 하면서 할머니와 늘 함께 있어서 할머니와 정이 많이 들었는가 봐. 반면 동생은 잔병치레를 안했으니 주로 엄마와 정을 들이고 살았겠지. 그래서 그런지 어머니가 집을 나간 뒤 동생이 몸이 허약해져 일찍 죽고 만 거 같아.

**고모의 월남과 한(恨)**

## - 무슨 한(恨)이 그렇게 맺혔어요?

우리 부모님이 결혼하신 뒤 고모(송애순)랑 몇 년 함께 살았다. 그러다가 고모가 열여섯 살 때 전북 부안으로 시집을 갔지. 그런데 시집살이를 하면서 공방(空房)이 들어갖고 남편하고 못살고 친정에 와서 살았다. '공방이 들었다'는 말은 남편을 무서워해서 슬슬 피해 다니며 남편과 합방을 안 하는 걸 일컫는 말이다. 한마디로 방이 비었다는 말이야.

우리 할머니가 내 고모 남편인 사위를 아주 잘 대해주셨다고 하더라. 우리 아버지가 시샘을 할 정도였대. 그런데 고모가 시집 간 지 한참이 지난 뒤 어느 날 고모 남편이 할머니한테 그러더란다. "나, 집사람과 같이 못 살라나 봅니다. 이때까지 손 한 번 못 잡아보았소!" 고모가 남편을 무척 무서워했단다. 남편이 많이 때리기도 했나봐. 그래서 결국 도망치다시피 해서 장성 대방 친정에 와서 살았지.

근데 동네 어떤 자식 못 낳은 사람이 고모를 첩으로 삼아 살려고 했어. 그러자 고모가 서울로 도망갔다. 서울에 가서 비로소 맘에 드는 남자를 만났나 보더라. 그래서 그 사람과 이북 청진서 살았대. 그 남자는 돈도 많고 그랬나봐. 거기서 큰 비단 송방을 하고 멋있게 살고 있는데 난리가 나고 말았어. 해방이 되어 북쪽에서 소련군이 밀고 내려오면서 일본 놈들을 쫓아낸 거야. 그 과정에서 소련군이 총을 겨누고 "코리안?"이라 하면 "맞다"고 해야지, 우물쭈물 하다간 죽는 경우도 많았단다. 고모가 너무 사연이 많아.

고모네 집은 큰 안집이 있고 밖에는 비단가게가 있었단다. 그 가게는 점원들이 맡아 일했지. 고모는 안집에서만 사는데 어느 날 갑자기 남편에게서 전화가 왔더래. 그 시절 시골에는 전화를 찾아보기도 힘들었는데 전화를 놓고 살았으니 고모네가 상당히 부유했던 거지. 전화를 받았더니 "지금 전쟁이 나서 모두 피란을 떠나고 있으니 빨리 나오라"고 하더래. 그래서 집을 내 버리고 얼른 따라갔으면 같이 만나서 갔을 텐데 고모는 모든 문을 잠그고 짐을 챙겨 나갔더니 남편이 트럭을 타고 가면서 트럭 위에 앉아 손만 흔들더란다. 남편이 눈앞에서 트럭을 타고 어디론가 도망을 친 거야. 근데 사방에서 사람들이 피란을 떠나느라 북새통을 이뤘더란다.

그런 상황도 전혀 모른 채 집에만 있다가 나와서 보고는 '이게 무슨 일인가' 해서 어찌할 바를 모르겠더래. 그래서 다시 집으로 돌아와서는 '이 집에서 그대로 기다릴 것인가, 아니면 어디로 가야하나' 막막해 갈피를 잡기 힘들었지. 그러다가 비단 몇 필과 옷가지들을 챙겨 걸어서 남한으로 내려왔다고 하더라. 비단을 팔아 그 돈으로 다리를 놓으며 왔는데 청진에서 서울에 오기까지 두 달 가량 걸렸대. 그렇게 오는 동안 많은 짐을 들고 올 수 없으니 짐꾼을 사서 어디까지 옮겨 달라고 하고, 또 다시 그렇게 하고 하면서 걸어 내려왔대. 근데 그렇게 내려오는 과정에 애기 둘을 데리고 가던 남한 사람을 만났단다. 그 아주머니도 전쟁 중에 남편을 잃었는데 고모가 그 사람 애기 하나 업고 그 사람이 다른 애기 하나를 업고 그렇게 같이 내려왔대.

그 아주머니랑 동행하며 내려오는 동안 허리에 닿는 물을 건너 수수밭에서 자기도 하였단다. 근데 얼마나 추웠던지 몸이 얼기도 하였다더라. 그런 고생을 하며 내려온 거야. 와서 보니 너희 외할머니가 시집

와 있었지. 고모가 그렇게 남편을 잃고 피란을 내려
왔기에 애기도 없이 살았다. 청진에서 남편과 살면서
애기가 생기긴 하였는데 돈이 있으니 보트를 타다가
어찌 무얼 잘못했던지 유산되고 말았단다. 죽은 아기
를 병원에서 빼내고는 더 이상 아기를 낳지 못했대.
그래서 친정에 와서   지내다 보니, 괜히 질투심이랄
까 그런 거 때문에 올케보다 항상 위에 있으려 하며
힘들게 했나 봐. 고모는 친정에 내려와 있다가 전북
고창에 살던 부잣집으로 시집을 갔다. 하지만 얼마
못 살고 다시 친정으로 왔단다.


## 잿더미가 된 동네


– 전쟁 중에 어머니 고모가 아기를 낳으셨고, 외증
  조부나 외조부가 안 계셔서 식구들이 고생을 많이
  하셨던데 그 이야기를 좀 해 주세요.


  6.25 난리 때 고모가 집에서 애기(일훈)를 낳았다.
그 당시 동네 사람들은 낮에는 군인들이 와서 해코

지를 할까봐 산에 올라가 굴속에서 지내다가 밤이면 내려오곤 했어. 밤에 내려와 남의 집 곳간을 헐어 쌀도 마구 퍼서 서로 나눠 가져가고 소도 잡아서 그 고기를 들고 가고 그랬다. 하지만 우리 집은 '반동' 이라며 주지도 않았지. 우리 아버지가 반동으로 있다 가 죽었다는 거였어. 그래서 할머니나 고모가 일절 거기에 가담도 안할뿐더러 가보지도 않았고, 마을 사 람들이 '오라'고도 하지 않았지.

근데 우리 할머니가 "(고모가) 밤에 애기를 낳으면 호롱불도 없어서 어찌해야 할지 모르겠다!"며 걱정을 많이 했다. 당시 내 친구 옥자가 이웃집에 살았다. 그 옥자 엄마가 우리 사정을 알고는 동네 사람들이 소를 잡는 곳에 가서 소기름을 얻어다 주더라. 그 기름을 국그릇에 담아서 놔뒀는데 실제로 고모가 밤 에 애기를 낳았어. 그래서 그 기름에다 실로 해서 불을 켰더니 마치 촛불처럼 환하게 불이 비춰던 기 억이 난다.

그래서 우리 집 식구는 할머니와 고모, 나(7세), 선자(5세), 고모 딸 선님(3세)이, 갓난이 일훈이까지 있었지. 우리는 산으로 올라가 숨으려 했다고 해도 파 놓은 굴도 없어 그럴 수도 없고 설령 있다 해도 애기 울음소리 때문에 갈 처지가 아니었어. 그래서 할머니와 고모는 "우리는 죽어도 집 방안에서 죽자"며 날마다 창호지 바른 방문에 작은 유리 조각을 달아 그 문구멍으로 밖을 내다보며 지냈지. 그때 어린 나는 날마다 할머니와 고모가 초조한 얼굴로 방안에서 숨죽이며 지내시는 모습에 너무 무서웠다.

그러던 어느 날 할머니가 애기 기저귀를 빨러 샘에 가셔서는 다 빨지도 못하신 채 황급히 집에 뛰어오셨다. 고모가 밥을 하고 계셨는데 "지금 밥이 다 뭐냐. 저기 군인들이 몰아오는가 보다. 총소리가 나서 내가 빨래도 하지 못하고 왔다. 밥하지 말고 얼른 방으로 들어오너라."고 벌벌 떨며 다그치셨지.

그래도 고모가 밥을 이미 안쳐놨기에 밥이 되었다. 그 밥을 퍼서 김치 한 종지와 함께 "너희라도 얼른 먹어라"며 어린 우리들에게만 차려 주시더라. 하지만 어른들이 놀랍고 두려워 벌벌 떠는 모습에 우리도 밥을 먹고픈 생각이 없어서 어른들만 쳐다보고 있었지.

그러고 있는데 금세 군인이 우리 집에 들이닥쳤

다. 총을 들고 완전군장을 한 군인은 한 명이었고
그를 따라온 두 사람은 한복을 입고 죽창을 들고 있
더라. 그 군인이 우리 집 문 앞에 오자마자 "사내
나와라!"고 고함을 지르더라. 만약에 집에 남자가 있
으면 끌고 가려고 그랬나봐. 하지만 우리 집에는 사
내가 없으니 붙잡아 갈 사람이 없지.

  우리 고모가 애기를 안고 나가자 군인이 "네 남편
은 어디 갔냐?"고 묻더라. 고모는 "'집에 있으면 안
되겠으니 군인들을 따라 가야겠다'고 집을 나갔는데
어디로 갔는지 모르겠다"고 얼른 둘러댔다. 사실 그
당시 일훈이 아버지는 전북 고창에 살고 있었다.

  우리는 잔뜩 겁에 질린 얼굴로 나가서 고모 치마
를 잡고 줄줄이 서 있었지. 그러고 있으니 다 고모
가 낳은 딸로 보였을 거야. 그러는 동안 죽창 든 한
사람이 부엌에 들어가서 우리 고모가 투가리(뚝배기
의 전라도 방언)에 담아 둔 밥을 들고 나오면서 "밥
이나 좀 먹어야겠다"고 하더라. 그 말을 듣고 우리
할머니가 우리가 안 먹은 상을 마루에 내다 주면서
"여기서 좀 잡수시라"고 하셨지. 그러자 죽창 든 두
사람이 밥상에 달려들어 허겁지겁 밥을 두 숟가락째

입에 넣을 때였어. 그 군인이 "뒈지려고 지금 밥을 먹느냐"며 총 개머리판으로 그를 탁 치면서 "빨리빨리 가서 이 주변 집들 다 불 질러라! 시간 없다!"고 소리쳤다. 그래서 그 중 한 사람은 밥을 입에 넣고 씹으면서 가고 한 사람은 한 숟가락도 못 먹어 보고 가더라. 얼마나 배가 고팠으면 그랬겠냐? 그들은 "빈 집들 불을 질러라!"는 명령을 받고 왔던 거야. 지금 생각하면 아마 곧 반란군이 올 것 같아 그랬던 거 같아.

그들을 보낸 뒤 군인은 우리 집 나락비늘(볏가리: 벼를 가지런히 쌓아둔 더미) 곁에 서서 "우리가 간 뒤에 또 불을 지르러 올 것이다. 누가 와서 이 집 불을 지르려 하면 '안 소위가 이 집은 불 지르지 마라고 했다'고 하고 애들 잘 키우라"는 말을 남기고 가더라. 이름 전부도 아닌 그냥 '안 소위'라 했어. 그 사람 계급이 소위였나 봐. 그가 보기에도 우리 모습이 너무 불쌍해서 그랬던 거 같아. 그 사람들이 간 뒤 우리 이웃집에 불이 붙어 순식간 활활 타오르 더라.

그 사람들이 왔을 때가 점심 무렵이었던 거 같아.

그들이 가고 나서 아직 해가 넘어가지 않았는데 산에 숨어 있던 사람들이 내려와서 불을 끄더라. 군인이 많이 왔으면 서로 교전을 하였을 건데 세 명이 와서 불을 지르고 곧 가버렸기에 숨어서 지켜보다가 안심하고 나와서 자기네 집들 불을 껐나봐. 그때 군인이 처음으로 와서 불을 질렀는데 당시만 해도 집들이 별로 불에 타지 않았어. 마을 사람들은 날마다 낮에는 산에서 지내다가 밤이 되면 내려와 밥해 먹고 자고 가고 그런 생활을 했지.

얼마나 지났을까. 마지막에 군인들이 왔을 때는 누런 모자와 털 재킷 입은 군인들이 우리 집 마당에 가득 들어왔어. 그런 뒤 온 동네에 불을 지르더라. 우리 할머니가 "우리 집은 전에 안 소위가 와서 '불 지르지 마라'고 했다"고 아무리 말해도 소용이 없었어. 그때 우리 집이 세 채로 되어 있었는데 사람 있는 곳까지 다 불을 지르려 하자, 어린 우리 셋은 맨발로 마당에 나가서 울고 있었다. 그러자 우리 할머니가 "저 애들 데리고 어찌 살라고 불을 지르려고 그럽니까?"며 "제발 불을 지르지 마시오!"라고 애원하셨지. 그래도 소용이 없었어.

한 사람이 볏단을 들고 있으면서 성냥을 든 사람에게 거기에 "어서 불을 붙이라"고 재촉하였지. 불을 붙여서 초가지붕에 던지려고 하였던 거야. 그러자 성냥을 든 사람이 불을 차마 켜지 못했어. 나는 조금 멀리 떨어져 울기만 하고 있었기에 그 소리를 직접 듣지는 못했다. 나중에 할머니 말씀에 따르면 당시 할머니가 그 군인에게 애원을 하자, 그 사람이 "어머니, 나도 저런 자식들도 있고 어머니 같은 어머니가 있소. 상부에서 시키는 일이라 우리도 안 하면 안 되니 어쩔 수 없이 하는 일입니다."라고 그러더란다. 군인들은 끝내 우리 집까지 불을 지르고 말았어. 불이 붙자 집 세 채가 소 혓바닥처럼 그 불길이 마당 가운데로 모이며 타오르는데 그때를 생각하면 지금도 끔찍하다.

어린 우리는 불에 탈까 무서워 맨발로 고샅으로 뛰쳐나갔다. 우리 집 입구 쪽에 샘이 하나 있고 살구나무가 있었는데 그 샘 밑에 앉아 셋이서 펑펑 울고 있었지. 그러고 있는데 군인들이 가다가 우리에게 "울지 말라"고 달래더라. 그 중에 한 사람이 오더니 빨래 비누 같이 네모반듯한 백설기 떡을 하나 나를 하나 주고 두 동생에게는 하나를 반으로 쪼개 나눠 주고 갔다. 하지만 우린 그거 먹을 생각도 안 하고 울고만 있었어.

한참 울다가 할머니와 고모가 안 보여서 집 쪽에 가보았지. 할머니는 애기를 업고 텃밭에 서 계시고 고모는 살림살이를 마당으로 꺼내고 있더라. 두 채는 너무 많이 타서 못 꺼내고 사람이 살던 방의 살림들을 꺼내는 중이었어. 그런 뒤 해름참(해거름: 해가 서쪽으로 넘어갈 무렵)이 되자 우리 집 머슴이 왔더라.

- 머슴이 있었어요?

우리 어머니가 시집 간 뒤에 집에 농사지을 사람이 없자 머슴을 한 사람 썼지. 그 사람이 고모와 함께 불을 꺼서 겨우 작은방 한 칸은 보존할 수 있었다. 그래서 그 작은 방으로 들어가서 지냈지. 나중에는 온 동네 사람이 자기네 집들이 다 불타 없어지자 저녁이면 손바닥만 한 우리 집 작은 방으로 빽빽하게 몰려들더라. 그들은 잠도 못자고 서 있으면서 이야기를 나누었어.

우리는 군인에게 받은 백설기 떡을 할머니에게 줬
다. 그랬더니 할머니가 "이 떡에는 약이 묻어 있을지
모르니 먹지 마라"며 이웃 집 나무다발 위에 얹어
놓으시더라. 근데 그 집 주인이 그걸 가져와서는 "무
슨 떡이 우리 집 나무다발에 있어서 가져왔다"고 말
했다. 그래서 우리 할머니가 "이만저만 했다"며 자초
지종을 말하자 그 사람이 "못 먹을 거 같으면 그 사
람들이 줬겠소? 자신들 양식하려고 가져온 떡인가
보요. 먹고 죽으나 사나 오늘 죽을지 내일 죽을지
모를 세상, 그냥 나눠 먹읍시다." 하고는 그걸 토막
토막 잘라서 어른들끼리 나눠먹더라. 그땐 정말 언제
죽을지 모를 그런 세상이었다.


**빨치산 연순 언니**


반란군들(빨치산)은 전쟁이 끝나갈 무렵까지 밤마
다 동네에 자주 내려왔다. 동네에 와서 자기네 동조
하는 사람들을 찾아서 데려가곤 하였어. 우리 동네

바로 이웃집에 내가 '아재'(아저씨를 낮춰 부르는 말)라고 부르던 사람이 있었다. 6.25 지나서 대방리에 다시 가서 천막을 치고 사는데 그가 이장이었어. 근데 그 아재도 어느 날 어디론가 없어졌지. 빨치산이 와서 데려갔는지 아니면 누군가 데려가서 죽였는지 모르겠어. 그런 사람이 내가 알기로 우리 동네에서만 두 사람이나 있다. 어제까지도 한 동네서 살던 사람들인데 갑자기 어디론가 사라졌어.

그러다가 마을 사람들은 모두 피란을 떠났고 대방에 남은 집은 우리 집과 내 친구 봉춘이네 집, 이렇게 딱 두 집만 남았다. 그 당시 우리 식구는 할머니와 고모, 고모 딸과 갓난이, 나와 내 동생 선자까지 여섯 식구였고, 봉춘이네는 봉춘이 엄마, 작은 딸 경순(17세), 아들 3명, 다섯 식구였다. 봉춘이 아버지는 돌아가셨고 큰 누나는 시집간 상태였다. 봉춘 엄마는 피란을 갈 엄두를 내지 못한 채 우리 고모만 따라다니겠다며 대방에 남아 있었지. 동네 집들은 이미 다 불에 탄 상태여서 두 집은 아직 덜 탄 어느 집에서 좀 살다가 구루마를 빌려 화룡으로 나왔다.

고모와 봉춘이 엄마는 우리를 약수리 화룡 앞 신

작로(新作路) 가에 앉아서 기다리라고 놔두고는 어디론가 가셨어. 기거할 방을 구하러 다니시느라 그랬던 거였다. 그래서 한참 뒤에 두 분이 돌아와서 어느 작은 방 한 칸으로 짐을 옮기고 그곳에서 두 집이 함께 살았다. 열한 식구가 한 방에서 한동안 살았어. 그때는 피란 나온 사람이 워낙 많아서 한 집이 방 두 개를 갖고 사는 일이 없었다. 아마 우리가 그 집에서 설을 샜을 거다.

봉춘이는 전쟁 중에도 학교에 다녔다. 그 애는 학교에 다녀오면 나에게 무얼 배웠는지 가르쳐주곤 하였지. 지금 생각하면 우리 반 애들 중에 봉춘이가 그나마 인정이 있었던 거 같아. 우리가 화룡에 나와서 피란생활 할 때 '8중대'가 거기 있었다. 그 군인들이 반란군들 산으로 포위하러 가는 때가 종종 있었지. 그때는 대방에 내 집이 있어도 살림살이들을 가지러 가지도 못했어. 반란군들 따라간다고 의심하니까. 군인들은 날마다 주민 중에 누가 어디 갔는지 안 갔는지 집집마다 검사를 하였다. 그 군인들이 반란군들을 포위하러 갈 때에는 동네 사람들을 데리고 가곤했다. 그래서 먹을 거를 어디에 감춰 둔 거 있으면 군인들 따라가서 가져오고 그랬어.

군인들은 산속 굴에 숨어 있던 반란군들을 포위해서 데리고 나오곤 했다. 그렇게 붙잡혀 오던 반란군들을 나도 여러 번 봤지. 반란군들 행색은 못 먹어서 몸은 빼빼 마르고 오랫동안 안 씻다보니 온 몸은 시커멓고 머리는 박박 밀은 상태로, 혹은 여자들처럼 긴 머리를 늘어뜨리고 신발도 없이 헝겊으로 발을 칭칭 감아 싸맨 상태였다. 그런 반란군들이 붙잡혀서 군인들과 같이 오곤 하였지. 그럴 때면 군인들이 군가를 소리 높여 부르며 왔다.

그러면 우리 또래 애들이 "반란군 붙잡아 오는 거 구경 가자!"고 하며 구경을 하러 가곤했다. 어느 날 나와 동생이 나가서 신작로 가에 서서 군인들이 반란군 잡아오는 모습을 보고 있을 때였다. 우리 가족과 한 방에서 피란생활을 하던 내 친구 봉춘이 큰 누나(연순)가 잡혀 오더라. 봉춘이 큰 누나(연순)는 시집갔었는데 그 남편이 빨치산 활동을 해서 그 죄 때문에 장모인 봉춘 엄마가 붙잡혀간 뒤 돌아오시지 않았다. 처형당하셨을 거야. 아이들은 놔두고 엄마만 잡아다 죽인 것이지. 제일 큰 애가 열일곱 살 경순이고 그 동생들은 아직 모두 어린데 넷을 놔두고 엄마를 잡아가 죽였다.

그래서 우리 식구도 감당하기 힘든 판인데 봉춘이네 가족까지 데리고 사느라 걱정이 많았다. 그 와중에 봉춘이 큰 누나가 붙잡혀 마늘이랑 한 다발 뽑아서 옆구리에 차고 군인들을 따라 오더라. 내가 연순언니를 보고는 놀라서 봉춘이 식구들에게 달려가서 알려줬지.

그 뒤 봉춘이 큰 누나는 8중대 군인들 밥 해주며 지냈다. 근데 우리 고모가 8중대 대장(기노천)과 좀 안면이 있었어. 기노천 씨가 아내가 여러 명이었는데, 우리 할아버지 고모네 외손주 딸이 기○천 씨 후실이었다. 그러다보니 우리 고모가 기○천 씨와 안면이 있었다. 우리 고모가 그 부인을 '동생'이라 부르며 살았으니까.

고모는 그 대장에게 가서 "연순이를 빼내줘야 내가 짐을 덜겠다"며 간곡히 사정하였다. 그러자 대장은 "지금은 안 되고 우리 중대가 다른 곳으로 이동할 때 빼 주겠다."고 했지. 그는 실제로 중대를 이동할 때 봉춘이 큰 누나를 돌려 보내줬다. 그래서 연순 언니가 동생들을 데리고 원갓마을이란 곳으로 가서 방을 얻어 살았다.


## 세 차례의 이사


　우리 집은 대방에 살다가 약수리[10]로 피란을 나와 1년을 살았다. 약수리에 살 때가 가장 고생했어. 반란군을 따라갈까 봐 군인들이 피란민들로 하여금 각자의 밭에 가서 농작물도 거둬 오지 못하게 통제했거든. 그렇게 약수리에서 살다가 장성 호산마을의 집에서 임시로 몇 개월 살았고 다시 하오치란 곳으로 이사 갔다.

　거기서 살 때 할머니가 들깨를 수확 해다가 말려 놓았는데 '혹시 닭이 와서 먹는지' 나한테 지키라고 하셨다. 근데 내가 안 지키고 놀러간 사이 동네 어떤 사람이 그 들깨를 많이 가져갔나 보더라. 그래서 고생해 거둔 깨가 많이 줄어들고 말았지. 그 일로

10) 대방(대악리)과 약수리는 모두 장성군 북하면에 속한 마을이다.

할머니에게 야단맞던 기억이 난다. 하오치에서 1년
반 가량 살다가 전쟁 끝난 뒤 다시 빈터만 있는 장
사리로 이사했다. 땅은 있었으니 그 땅을 조금 팔아
서 생활비로 쓰면서 그 돈 일부로는 일꾼을 사서 집
을 다시 지었다.

# 3. 서러운 홀로서기

## 학창시절

초등학교는 서럽게 다녔다. 학교 이틀 가면 하루는 집에서 애기 봐야하였고 집에서는 걸핏하면 '일해야 한다'며 학교에 못 가게 하였다. 이틀 학교 가면 하루는 집에서 일하고 그러고 학교를 다녔어. 그러니 맨날 결석 잘하는 사람으로 아주 일등이었지. 신발을 사줘도 꼭 남자 반구두(검정고무신이지만 약간 무늬가 있음)를 사줬다. 그 신을 여자 신발장에 넣어두면 같은 반 여자 애들이 '남자 신발'이라고 남자 신발장에다 갖다 넣어두곤 하였지. 그러면 남자애들 중 짓궂은 놈들이 저희 것 헌 신을 놔두고 내 신을 신고 가버리곤 했어. 그렇게 집에 오면 '신 바꿔 신고 왔다'고 야단을 맞곤 하였다.


**- 남자 반구두를 사준 이유는 뭐예요?**

남자 반구두가 여자애들 신발보다 더 질겨서 오래

신는다는 거였어. 그렇게 서럽게 학교를 다녔는데 나중에는 '일해야 한다'며 겨우 다니던 학교조차 더 이상 못 다니게 하더라. 집안에 '일 할 사람 없으니 일해야 한다'는 거였어. 그러니 초등학교를 다니긴 하였어도 결석한 날이 더 많았고 공부한 날은 별로 없었지. 그때 학교가 전쟁으로 불타서 다시 지은 뒤 다녔다. 마을 어른들이 울력하여 흙을 져다가 초가지붕으로 건물만 학교를 세워놓고 학생들을 모집을 하였다.

그런 상황이라 학교에 가면 맨날 일만 시켰다. 공부를 한 시간 시키면 그 다음에는 학생들에게 일을 시키곤 하였지. 가마니에다가 유리조각 같은 거, 기왓장 같은 거 그런 거 다 주워내고 그런 터 다듬는 일을 시켰어. 한 반년 동안을 공부도 제대로 못하고 일만 하고 다녔지. 교육청에서는 책도 만들지 못했고 책을 살 수도 없는 형편이었다.

나는 전쟁이 나는 바람에 입학 시기를 놓쳐 처음부터 2학년으로 들어갔다. 당시 우리 반 친구가 자기 오빠 책이라며 갖다 준 책이 한 권 있더라. 그 책을 선생님이 보고 소리 내어 읽었다. 그러면 우리는 말로만 따라서 읽었지. 그런 뒤 선생님은 그 내용을 칠판에다 써놓고는 공책에다 그걸 베끼라고 했다. 그 책 한 권 갖고 학생 전부가 1학기를 배웠다. 그렇게 배우다가 2년 2학기 때에 이르러서야 책이 나왔지. 책도 뭐 다른 책도 없고 딱 네 과목이 전부였어. 국어, 산수, 자연, 사회. 그 네 권 갖고 학교를 다녔다.

공책을 네 권을 사줘야 하는데 집에서는 한 권 밖에 안 사줬다. 한 권에다 다 쓰라고 하더라. 그러니 이놈의 것, 국어 시간에는 국어 한 장 써 놓고, 한 장 넘긴 뒤 산수 시간에는 산수 쓰고 또 한 장 넘겨 사회 시간에는 사회 쓰고 이렇게 쓰니(헛웃음)... 공책 한 권에다 국어, 산수, 사회를 다 썼으니 뭐 그게 뭐가 되겠어? 그러니까 공책 검사를 하면 나만 늘 선생님한테 얻어맞았다. "어째 국어책은 국어 공책에다 쓰고 그렇게 하지 이렇게 한 공책에다 짬뽕을 했느냐"고. 난들 선생님 말씀대로 하고 싶지 않았겠냐. 집에서 공책을 한 권 밖에 안 사주는데 내가 어찌하겠어. 그렇게 서럽게 학교를 다녔다.

(1948년 10월 문교부가 펴낸 최초 국어 교과서)

내가 지금도 글씨를 예쁘게 못 쓰는 거도 다 이유가 있다. 학교 다니면서 종이를 줘야 글씨를 써보지. 학교서 수업 시간에 쓰는 공책도 많이 들어간 거 아까워서 벌벌 떠는데. 우리 친구 만순이라는 애가 있다. 그 애는 부잣집이라 집에서 책을 다 사줬다. 책을 다 사주는데도 만순이는 글씨를 예쁘게 못 썼지. 더욱이 학교에서 숙제를 내주면 안 해 와서 늘 매타작을 당하곤 했다.

그러자 만순이는 학교에서 숙제를 내주면 나에게 '숙제를 대신해달라'고 부탁하곤 했다. "공책 한 장 뜯어 줄 테니 숙제를 대신해 달라"는 거야. 그러면 그 공책 한 장 얻으려고 애기 업고 그 집 놀러가서 만순이 숙제를 내가 다 해줬다. 그러고 공책 한 장을 겨우 얻었지. 그 공책 한 장을 내 공책에다 붙여서 썼어. 그러면서 학교를 다녔다.

2학년 2학기가 되어서야 우리는 책을 받았다. 그 책에 "코스모스 피었네. 빨간 꽃이 피었네. 코스모스 피었네. 하얀 꽃이 피었네." 그런 내용이 있었지. 그게 너무 좋아서 외고 그랬던 기억이 난다.

그렇게 2학년 마치고 3학년 올라가서 3학년 2학기 때 학교를 그만둬야 했다. 할머니와 고모가 더 이상 학교를 못 가게 했거든. 그때는 '사춘회비,' 지금으로 말하자면 납부금이지. 사춘회비를 걷는데 다달이 백오십 원을 내야 하였다. 그때 당시는 그것도 많은 돈이었다. 백오십 원씩을 내야하는데 집에서 안 줘서 한 삼 개월이나 밀렸다. 선생님은 내가 그 사춘회비를 못 내면 자신의 '월급에서 까야 한다'며 늘 갖고 오라고 재촉하였다.

근데 집에 가서 그 말을 하면 "그러니까 학교 가지 말아라"고 하셨다. "선생님이 사춘회비 안 갖고 오려면 학교 오지 마라 했다"고 말하면 "그러까 학교 가지 말아라" 그러는데 내가 무슨 할 말 있겠냐? 그러고 삼 개월을 다녔다. 삼 개월을 사춘회비를 안 내고 다녔어. 그래서 나중에는 선생님에게 미안해서 더 이상 학교를 못 다니겠더라. 그 못낸 돈을 선생님 월급에서 깐다고 하니 더 이상 안 갔어.(눈물을 쏟으심) 그런 뒤 집에서 계속 일만 해야 했다. 남의 아이들 학교 갔다 오면 너무도 부러웠다.

**- 그땐 학교를 안 다니는 아이들도 많이 있었지 않아요?**

많이 있어도 학교를 다니다가 어쩔 수 없이 그만두고 안 다니는 심정은 다르지. 처음부터 안 다녀본 애들은 그것도 없겠지만. 우리 아랫집 살던 옥자라는 내 친구가 있다. 그 애는 아예 학교 안 다녔다. 그 애는 학교 문 앞에도 안 갔어. 그런데 나는 일하다가도 나랑 함께 학교 다니던 일순이와 만순가 학교 갔다가 오면 눈물이 막 나오더라. 그러다가 차츰 학교는 아예 잊어버리고 계속 일만 했지. 6.25 난리로 아버지 돌아가시고 고모하고 살면서 그랬다. 고모 딸, 선님이라고 있었다. 고모는 그 딸을 고창에서 낳아 데려왔다. 근데 선님이를 최고로 여기고는 조카인 나는 남으로 여기다시피 했지. 그땐 고모가 나를 차별하며 못살게 군다는 생각을 많이 했다.

일하면서 내가 뭘 좀 잘못하면 고모가 꾸지람을 했다. 그러면 자신의 딸 선님이는 놔두고 괜히 나한테만 더 그러는 거 같았다. 지금 생각하면 자기 자식이라도 잘못하면 바르게 자라도록 꾸중을 해야 하는 게 당연한 일이지. 하지만 그때는 미처 그런 생각을 못했다. '고모가 내 엄마가 아니라서 그런다'는 그 생각이 먼저 앞서더라. 고모가 뭐라고 하시기도 전에 고모 인상이 조금만 일그러져도 엄마가 아니라서 나를 차별한다는 생각이 퍼뜩 앞섰다. 그래서 서러웠고 남의 엄마들만 보면 미치겠고 그랬지.

## 남 호적에 오른 사연

- **외할아버지(송영옥)가 돌아가신 뒤 어머니의 담양 사시던 '6촌 오빠'(송수길)를 양자로 삼으려했던 적 있었지요? 왜 그랬고 어찌되었나요?**

내 할아버지(송종익)와 아버지(송영옥)가 모두 돌아가신 뒤 작은 할아버지(송흥진)가 "큰 집에 손이 끊기면 안 된다, 족보에 올려야 한다"며 손자인 "수길이11)를 양자로 보내야 한다"고 하셨어. 수길 오빠는 십대 초반 부모님을 일찍 여읜 상태였고 조부모님 슬하에서 외로이 자랐다. 근데 할아버지가 수길 오빠에게 자꾸 우리 집 양자로 가라고 하셔서 수길 오빠가 어느 해 가을에 우리 집에 약 두 달 가량 와서 지낸 적 있다. 그때 그분이 열여덟이나 열아홉 살쯤

_____

11) 송수길은 송흥진의 둘째 아들인 송대원(宋大援)의 외아들이다. 그는 타마자 선교사와 송흥진 장로가 순담성경학교와 함께 세운 담양 양지교회 은퇴 장로이기도 하다. 송대원은 일제강점기 광주 숭일학교를 졸업하였고 결혼해 송수길을 얻은 뒤 돈을 벌고자 일본에 건너가 사망하였다.

이었을 거다. 우리 집에 오기 전에 이미 군대 지원서를 내고 왔던 거 같더라. 할아버지가 자꾸 "큰 집 양자로 가라"고 하니까 마지못해 오긴 했지만, 잠깐 있다가 군대에 갈 생각으로 왔던 거였다.

　우리 집에 와서 가을걷이를 도왔는데 고숙(방규의 부친)이 수길 오빠에게 "일하는 게 서툴고 적극적으로 하지도 않는다"며 자주 야단쳤던 기억이 난다. 고모도 덩달아서 "네가 양자로 들어와 살려고 한다면 팔을 걷어붙이고 열심히 하라" 꾸중하셨다. 그러면 오빠는 아무런 대꾸도 하지 않고 묵묵히 일손을 거들기만 하더라.

　근데 어느 날 "담양 집에 좀 다녀오겠다"고 하고는 떠났다. 그 뒤 "군대에 간다"며 편지를 보냈더라. 그 편지에서 "내가 할아버지 말씀이라 순종하느라 큰 집에 잠시 갔었지만 양자가 되고자 갔던 건 아닙니다. 군대 지원을 해놨는데 영장이 나와 군대에 갑니다." 그런 내용이었다.

　수길 오빠가 군대에 들어간 뒤 군화 한 짝을 잃어버린 일이 있었다. 너무 숫기가 없고 그러다보니 누군가 군화를 훔쳐간 거 같더라. 군대에서 군화 한

짝을 도둑맞았지만, 군화를 잃은 사람이 한 켤레 값
을 물어내야 새 군화를 지급해 주었단다. 당시 군화
한 켤레 값이 천오백 원이었다. 그때 천오백 원이면
지금 화폐가치로 환산하면 15만 원보다 더 된다.

근데 그 돈을 내라고 하니 오빠가 무슨 돈이 있어
낼 수 있겠냐. 그래서 집으로 편지를 했나 보더라.
그 편지를 들고 할아버지(송홍진)가 우리 집으로 오
셨다. "수길이가 이만저만 해서 군화 한 켤레 값을
물어내야 한다는데 내가 면회도 갈 겸 가보려 하니
그 비용을 달라"고 오신 거였다. 즉 수길 오빠가 우
리 집 '양자'이니 그 비용을 달라는 이야기이셨지.
그래서 우리 고모가 그 군화 값과 할아버지 여비를
만들어 "잘 다녀오시라"고 주셨다.

수길 오빠 자신은 양자가 될 생각이 없다고 이미
편지를 썼지만, 할아버지가 '수길이는 이 집 양자'라
며 오셨기에 그렇게 한 거야. 그 당시 작은 할아버
지네가 형편이 매우 어려우셨던 거 같더라. 딸들은
다 시집가서 없고 대영이 당숙(송홍진의 셋째 아들)
과 수길 오빠는 아직 어려서 할아버지 부부가 그런

비용을 마련할 형편이 안 되었던 거 같아.

그즈음 시집간 큰 딸이 남편을 일본에 보낸 뒤 친정에 와서 살았다. 근데 그 딸이 작은 할아버지네 "논 여섯 마지기를 팔아 광주의 무슨 계에 넣어 두면 농사짓지 않아도 편히 살 수 있다"고 설득했단다. 할아버지는 그 말대로 논을 팔아서 줬지만 누군가 곗돈을 떼먹고 도망쳐 논 팔아 마련한 돈만 없어지고 말았다. 그랬으니 더욱 생활이 힘들었을 거야.

**– 어머니가 호적에 외숙(송수길)의 동생으로 올랐다가 나중에 다시 친척조차 아닌 남에 불과한 약수리 어떤 분의 딸로 올라가 지금까지 바로 잡히지 않았습니다. 대체 왜 그렇게 되었나요?**

내가 열두 살 때 2학년으로 학교에 입학했다. 나이가 많아 처음부터 2학년으로 들어간 거지. 통지표를 받아보니 보호자명에 내 아버지 이름(송영옥)이 아니라 할아버지 이름(송종익)으로 되어 있더라. 그래서 집에 와서 고모에게 "내 친구들 통지표는 모두 아버지 이름으로 적혀 있는데 어째서 내 통지표에는 할아버지 이름으로 되어 있는지 모르겠다.”고 했더니 아무런 대답을 하지 않더라. 하지만 고모는 나중에 면사무소에 찾아가서 왜 그렇게 되어 있는지 알아보았다.

고모가 확인해 보니 우리 아버지가 혼인신고가 안 되어 있어서 나를 호적에 올릴 수 없었고, 사망신고조차 안 되어 있더란다. 우리 할아버지도 아버지보다 1년 먼저 돌아가셨는데 사망신고가 안 되어 있어서 나를 할아버지 딸로 올렸나 보더라. 고모도 시집 간 지 오래되었는데도 혼인신고를 하지 않아 호적에는 아직 처녀로 되어 있더란다. 그때는 6.25 난리 때라 그렇게 행정이 엉망이었어. 그래서 고모가 자신은 재혼을 했기에 혼인신고를 하지 않았고 우리 아버지만 사망신고를 하고 돌아왔다고 하더라. 그러니까 아버지는 혼인도 안한 채 사망하신 걸로 되었기에 뒤늦게라도 나를 아버지 딸로 호적에 올릴 순 없었지.

근데 언젠가 담양 사시던 작은 집 할아버지(송홍진)가 우리 집에 들르셨을 때 고모가 그런 이야기를 했나 보더라. 그러자 할아버지가 “알았소. 내가 수길이와 한 형제로 올릴 테니 염려 마시오.” 그러시고 돌아가셨단다.

그 당시 담양 봉산면사무소 호적계 담당 공무원이 작은 할아버지가 살던 양지리에 살았다. 그래서 작은 할아버지가 그 사람에게 사정을 이야기하시고 나를 수길이 동생으로 올려 달라고 부탁하셨나 보더라. 그 사람이 "이름이 뭐냐"고 물어서 "경자"라고 하셨는데 "아들 자"냐고 물어서 "그렇다"고 하셨단다. 그 말을 들은 호적계 담당이 나를 남자로 착각하고 남자이름인 '경재'로 올리고 말았다. 그래서 호적에 내가 '남자'로 올라갔는데 나는 그것도 전혀 모르고 있었지.

나중에 결혼하고 나서 혼인신고를 하려고 여기 담양에 연락해서 "호적등본을 떼서 보내라"고 했다. 그랬더니 내 이름이 남자(송경재)로 되어 있어서 곧 군입대를 위한 신체검사 받으라는 통지서가 나온다고 하더란다. 그래서 고모가 깜짝 놀라 그걸 다시 고친다고 오다가는 장성 약수면사무소를 들러보셨나 보더라.

면사무소에 가서 "이만저만 한데 내가 봉산면에 가서 어떻게 말을 해야 하느냐?"고 물었대. 그 당시 면사무소 직원들이 우리 집안 사정을 다 알고 있었

거든. 그래서 그 직원들이 이야기를 듣고는 "수고스
럽게 거기까지 가지 마시오. 여자이니 그냥 여기 송
면장네 집안에 이름을 올렸다가 호적에서 파서 혼인
신고를 해 버리면 돼요" 그랬단다. 그래서 당시 송재
근 면장네 집안의 송대관 씨라고 있는데 그 사람의
누나로 나를 호적에 올려놓았지.12) 그렇게 남의 집
호적에 올려놨다가 그걸 파서 혼인신고를 하였다. 그
러니 나는 그 집 송 씨와는 아무런 상관이 없다. 약
수면사무소에서는 담양 봉산면사무소 호적에 남자
이름(송경재)으로 올라 있는 건 사망신고를 하면 된
다고 해서 사망신고를 하였단다.13) 그때 이후 지금
껏 내가 남의 집 딸로 이름이 올라 있는 거야.

---

12) 현재 제적등본상 송경자의 부모는 송효봉, 김봉례로 되
    어 있다. 하지만 이들은 송경자의 실제 부모나 친척이 전
    혀 아니다. 송효봉 씨는 '여산 송(宋) 씨'지만 송경자는
    '은진 송 씨'이다.
13) 실제로 송홍진의 제적등본을 확인해 보면 아들 송대원
    의 자녀가 송수길, 송경재(宋敬宰)로  나온다. 그 중에 송
    경재는 단기 4294년 2월 9일 오후 3시에 담양 봉산면
    양지리에서 사망했다고 적혀 있다.

## 고모의 재혼

그 사이 고모가 방규 아버지를 만났다. 그 사람 만난 뒤부터 그 사람이 늘 돈을 뺏어가려고 고모를 구타하였다. 그렇게 당하고는 고모는 그 화풀이를 나한테 하곤 했지. 부부간에 싸우면 자식들이 안 된다는 걸 그런 경험으로 알 수 있다. 방규 아버지는 큰마누라가 따로 있었다.

그때는 전쟁이 막 끝난 뒤라 과부들이 많았지. 그러다보니 남자들이 부인을 여럿 거느린 사람이 흔했다. 방규 아버지는 우리 고모와 살림을 차린 뒤, "집에 땅이 좀 있으니 그걸로 장사를 하자"고 꾀었지. 그런 갖은 말로 재산을 다 빼앗으려 하자 고모는 안 빼앗기려고 했고, 그 사람은 "남편 말을 안 듣는다"고 걸핏하면 고모를 때렸다. 그 틈바구니에서 내가 눈칫밥을 먹고 살면서 고생이 이만저만 아니었다.

- 그때 외할머니는 이미 시집 가셨지요?

그랬지.

- 그래도 서럽고 너무 힘들면 어머니를 한 번씩 찾아가 보지 그러셨어요?

엄마를 찾아 갈 줄도 몰랐어. 또 우리 고모나 할머니가 내 엄마에 대해 "애들을 그냥 놔두고 혼자 나갔다"며 "그런 년은 사람도 아니다"며 자주 욕하였기에 나도 덩달아 엄마를 나쁜 사람으로만 생각을 하였지. '우리 엄마는 나쁜 사람이다' 그러고만 생각을 하고 있으니 보고 싶은 맘이 하나도 없었어. 더욱이 남의 엄마들이 자기 딸들한테 잘하는 걸 보면 '우리 엄마는 나쁜 사람이다,' 그 생각만 들었지.

그리고 살면서 무슨 내 맘에 없는 애먼 소리를 한다거나 고모가 어쩌다가 한 번이라도 혼내고 그러면 그냥 죽고 싶었어. 더 살고 싶다는 생각이 안 들었지. 근데 어떻게 죽는 건지도 몰랐어. 지금은 아이들도 약을 먹고 자살도 잘하는데 그때는 자살이라는 걸 생각을 못해 봤다. 자살을 어떻게 하는 것인지도 몰랐어. 나는 그냥 "이 세상에서 없어져 버렸으면 좋겠다" 그러면서도 죽을 줄도 몰랐다.

그리고 사는데 당시 어른들은 "하늘이 알고 땅이 안다"는 소리를 많이 하였지. 그러면 '하늘이 알고 땅이 아는구나!' 그런 생각을 했지. "하나님이 알 것이다"고 옛날에 어른들이 싸우다가도 그런 소리를 하더라. "하나님이야 다 알고 있겠지" 그러고 말을 하더라고. 그러면 나 혼자 스스로 '하나님이 계신가 보구나!' 그 생각을 했다. "내가 이렇게 애먼 소리를 듣고 그럴 때에는 하나님이 알겠구나!" 그런 생각도 하며 스스로를 달랬어. "하나님이 어딘가 계시나 본데 보이도 않고 하나님이 어떻게 계신고?" 그런 생각도 하곤 했지.

우리 할머니가 이야기를 잘 해. 옛날에 우리 할아버지가 이야기책을 많이 보신 덕분이지. 저녁 내내 할아버지는 이야기책을 보시고 할머니는 바느질 같은 거 하고 그러셨어. 그 당시는 소리 내서 글을 읽었기에 우리 할머니는 자신이 글은 몰라도 할아버지 글 읽는 소리를 들으시고는 이야기책을 달달 외었다.

할머니가 『유충렬전』14)도 다 외웠고, 『김진옥전』15)

---

14) 연대와 작자를 알 수 없는 고전 군담소설.
15) 『김진옥전(金振玉傳)』은 작자와 저작 연대를 알 수 없고

도 다 외웠고, 뭐 『명사십리』16) 같은 거 다 아셔. 이
야기책을 그냥 달달 외우셨어. 그 이야기들을 저녁이
면 늘 나한테 들려주셨다. 어릴 때 할머니한테 들은 『장
화홍련전』과 『김진옥전』 같은 이야기를 많이 들으면서 스
스로 많이 깨우치게 되었어. 어째 그러냐면 『유충렬
전』에 충렬이가 조정 신하의 외아들로 태어나 구사
일생으로 살아나서 집안의 원수를 갚고 높은 사람이
되는 그런 이야기를 들으면, '아, 이렇게 고생하고
살면 그렇게 될라나...' 그런 생각을 했지.

근데 그 이야기 속에가 다 신(神)이 들었더라고 신
이. 이야기를 들어보면. '위태로울 때에 신이 도와줬
다'고 그러니 어딘가 하나님은 계신다는 걸 알았지.
그때는 6.25 막 지난 때라 교회는 없으니까. 내가
학교 다니다 그만 둔 그 무렵 말이야. 그래서 항상
'하나님이 계시면 내 억울한 것도 아시겠다'는 생각

---

중국을 배경으로 하는 조선시대의 영웅소설이다. 천상세
계의 천상세계에서 죄를 지은 선관선녀(仙官仙女)가 죄를
지어 지상세계로 쫓겨나 온갖 고생살이 끝에 행복한 삶
을 누리다가 생을 마감한다는 이야기이다.
16) 『명사십리』는 개화기 나온 작자 미상의 '시은과 보은'을
주제로 하는 고전소설로 알려져 있다.

을 하면서 '하나님이 제발 내 억울한 것을 알아주시라'고 마음속으로 생각했지. 기도는 할 줄을 모르고 마음으로만 그랬던 거야. 남들 아버지 있는 거 보면 '하나님이 어째서 우리 아버지를 죽게 하셨냐?'고 속으로 원망도 하였다.

## 다시 만난 엄마

- 외할머니(변봉임)가 성암으로 시집을 가셨는데 언제 다시 만나셨어요? 어머니의 고모와 할머니가 "너희 엄마는 나쁜 사람이니까 잊어버려라"고 자주 말씀하셨다고 그랬지만 다시 만나셨을 텐데요.

여덟 살 때 다시 만났지. 어떻게 해서 만났냐면 어머니가 시집가서 아들을 하나 낳았어. 근데 그 아들이 태어난 지 며칠 되지도 않아서 죽고 말았어. 그래서 어머니가 상심해서 친정(도곡)을 갔는데 친정도 무척 가난해서 밥도 제대로 못 먹고 사는 형편이었다. 친정을 갔지만 맘 편하게 밥 한 술 먹기도 힘들었어.

근데 그때가 가을이라 우리 외삼촌이 산에 가서 쥐밤('약밤'이라고도 하는 작은 밤)을 따왔더란다. 그래서 우리 외할머니가 "그렇게 속상하고 그러면 네 딸(경자)를 가서 만나보아라"면서 밤을 삶아 챙겨 주셨다. 그때 우리 집은 장성 하오치 마을에서 살고 있었어.

**- 오랜 만에 어머니를 만나셔서 무척 반가우셨겠네요.**

그때 어머니를 만났어도 별로 좋지 않았어. 가을인데 장사리 대방 우리 집터가 넓고 밭도 있어서 감나무와 밤나무도 많았다. 그래서 남들이 감을 함부로 따가지 못하게 가서 지키곤 하였어. 그날도 할머니와 내가 밭에 가서 할머니는 들깨 베는 일을 하시고 나는 감을 지켰지. 밭에 가 보니 우리 밭 옆 제각 집에서 살던 사람이 자신의 어머니와 함께 감을 따더라. 감을 따서 묶은 뒤 가마니에 많이 넣어 둔 상태였어. 감이 우리 밭에 있는 감과 똑같은 감이더라. 자신의 집 감을 따면서 우리 밭 감까지 끊어 따갔던 거야. 그때 나는 "누가 우리 감을 끊어 갔을까" 하면서 밭에 앉아 있었어.

할머니가 들깨를 베시고는 도시락을 드시러 나 있는 곳에 오셨어. 와서 보니 우리 밭 감을 다 끊어갔거든. 그래서 "감 지킨다면서 어째서 감을 다 끊어가게 놔두고 있어냐?"며 할머니가 나를 마구 때리시더라. 제각 집 사람이 우리 밭 감을 끊어다 놓은 게 바로 옆에 있는데도 말이다. 옛날 사람들이 그렇게 미련했다. 우리 할머니는 자신이 직접 보지 못했으니 그 사람한테 "당신네가 우리 감을 끊어 갔지?"라고 따지지는 못하고 괜히 그 사람 보란 듯이 나를 마구 때린 거야. "남이 감을 다 끊어갈 때까지 뭘 보았느냐?"는 거였어. 꼼짝 없이 할머니한테 심하게 맞았어.

그때 고모는 애기(일훈)를 낳아서 돌보느라 집에 있었어. 어머니가 집에 들렀을 때 고모가 '할머니와 내가 밭에 가 있다'고 알려줬나 보더라. 우리가 집으로 가는데 어머니가 구심재를 넘어 풍기라는 마을 앞까지 마중을 나오셨어. 거기서 엄마를 만났다. 그래도 별로 반갑지 않더라. 할머니한테 실컷 두드려

맞고 기분이 안 좋아서 가는 중인데 엄마를 만나도 울지도 않고 시무룩해서 있었지. 동네 사람들이 "아이고, 네 엄마가 왔구나!"라고 해도 아무런 반가운 기색을 보이지 않았어.

그때 제대로 씻지도 않고 목에 때가 많이 있었던지 엄마가 나를 개울가에 데려가 씻겨 주셨다. 그렇게 씻겨 주셔도 그게 좋은 건지도 몰랐지. 어머니를 약 2년 만에 다시 만나도 서러움도 뭣도 없었어. 어머니가 그렇게 오셔서 하룻밤 주무시고 가셨다.

그 뒤 우리가 대방에 돌아와서 막집을 짓고 사는데, 어느 날 외할머니가 '우리 엄마가 지어 보낸 옷'이라며 옷을 한 벌 가져 오신 적 있다. 빨간 치마에 노랑저고리, 꽃신까지 사서 싸서 보내셨더라. 그걸 지금 생각하면 눈물이 나온다. 그때는 좋은지도 모르고 감각도 없었어. 할머니나 고모가 엄마를 자꾸 '나쁜 사람'이라고 하니까 '나쁜 사람이 어째서 옷을 지어 보냈을까'라고만 생각했던 거야. 근데 지금 생각하면 '그 어려운 살림에 그걸 준비해 보내려고 어머니가 무척 마음을 쓰셨구나!'라는 생각에 눈물이 난다.

## 씨 다른 형제들과 교류

- 그 뒤로는 한 번씩 어머니에게 다녀오고 그러셨어
요?

그렇지. 설이나 추석 같은 명절이 돌아오면 할머
니가 "너희 엄마한테 갔다 오라"고 하셔서 가곤 하
였다. 명절 때 식구들이 '누가 와서 반갑다'고 그러
면 우리 엄마는 "아이고, 나는 내 딸이 오면 반가울
까 반가울 사람 없다"고 그런 말씀을 하시곤 했다더
라. 내가 가면 사람들이 그런 말을 하더라.

- 짝귀 영감님은 반갑게 맞아 주시던가요?

반갑게 너무 잘해줬지. 막 나를 보듬어 주려고 하
고 그래. 그러면 난 싫더라. 괜히 그 양반이 있으면
머리가 아프고 안 좋았어. 얼굴을 펴고 있다가도 그
양반이 있으면 얼굴이 찌푸려지고 그랬어.

– 짝귀 영감님과 외할머니가 낳은 자녀들은 어떻게 되나요?

7남매를 낳았는데, 첫 애가 죽고 6남매가 있다. 첫째가 복자, 그다음 재환이, 점순(희경으로 개명), 재옥, 그 다음이 삼숙이, 정숙이, 정숙이가 병춘이와 같은 반이었다. 나이가 같아.

– 그 6남매가 어머니와는 씨 다른 형제지간이네요?

그렇지.

– 씨는 다르지만 형제지간이라 가깝게 교류를 하셨을 텐데 그 이야기 좀 들려주세요.

교류를 했지. 짝귀 영감님이 우리 어머니 만나기 전 다른 여자와 살다가 아들을 하나 낳고는 그 여자가 마음에 안 들어 내버리고는 돌아다니다가 우리 어머니를 만나 결혼을 한 거야. 그런데 그 영감님이 우리 어머니 만난 뒤에 전에 살던 여자를 몰래 만나 또 아들을 낳았단다. 그러니까 그 영감님이 세 여자에게서 자식을 낳은 거야. 첫 부인은 딸 하나 낳은 뒤 돈을 벌려고 만주에 다녀오니 애기를 업고 다른 데로 시집 가버렸더란다. 그래서 혼자 돌아다니다가 어떤 한 여자를 만났는데 우리 엄마보다는 좀 야무지지 못한 사람이야. 그래서 아들 하나 낳고는 그 여자를 버리고는 홀아비라며 우리 엄마를 만났어.

그런데 그 여자가 아들 하나 낳아 놓고는 친정에서 살다가 친정 부모님이 돌아가시자 혼자서 장성 사거리 시장에서 국수 장수를 하며 살았나 보더라. 그래도 그 영감님을 사모하고 살았는가봐. 나중에 영감과 사이에 또 애기를 하나 낳았는데 그 애가 아마 재옥이 바로 밑일 거다.

둘 다 사내아이인데 그 애들이 다 야무졌어. 그래서 어느 날 복자가 저희 아버지에게 "아버지는 도선이는 우리 엄마 만나기 전에 낳았으니까 할 말 없고, 진도는 어쩌다 또 낳았소?"라고 물었단다. 영감님이 하는 말이 "내가 낳으려고 해서 낳았냐? 장성 사거리 시장에 가서 국수 한 그릇 먹은 일 밖에 없는데 그 놈이 나왔지!" 그러더란다(웃으심).

내가 언젠가 성암에 갔을 때 한 번 목격했다. 사거리장에서 국수 장수하던 그 여자가 두 아들이 먹을 쌀을 받으러 왔더라. "나 먹는 거는 안 주더라도 새끼 먹는 건 줘야 하지 않겠느냐"며 쌀을 달라고 온 거야. 그러면 우리 엄마가 마음씨도 좋아서 아무 말 없이 쌀을 부대에 담아 주면 그걸 갖고 가더라니까. 그런 장면을 내가 한 번 본 적이 있어. 요즘으로 치자면 그 여자가 일종의 '양육비'를 받아간 거지.

그러더니 그 여자가 국수장수해서 돈을 좀 많이 모았어. 그 돈으로 돈 놀이를 했는데 그걸 딱 숨겨 두고 누구에게도 말을 하지 않았지. 어느 날 위독하다고 해서 우리 어머니가 한 번 찾아가서는 "만약에 당신이 죽으면 두 아들을 아버지가 거느릴 수밖에 없는데 혹시 돈이라도 누구 빌려 준 거 있으면 다 말해 놓고 죽으시오. 그러면 아버지가 그 돈 갖고 자식들한테 쓰지 그걸 딴 데 쓰진 않을 겁니다. 그러니 남한테 떼이지 말고 영감한테 말해 줘야 자식들에게 쓸 거 아니겠소."라고 했대. 그런데 "무슨 돈

이 있다고 그러느냐"며 전혀 안 가르쳐 주더란다. 그
러고는 죽고 말았어. 우려했던 대로 그간 돈놀이하며
남들에게 빌려준 돈을 다 떼이고 말았지. 그래서 그
아들들을 데려왔다.

우리 어머니가 그 두 아들을 데려다 키우던 중,
큰애는 가출해 오랫동안 방황을 하였다. 처음부터 부
모님이 잘 양육해야 자녀들이 곁길로 새는 그런 일
이 없는데 아쉬운 일이지. 하지만 뒤늦게 좋은 부인
을 얻어 지금은 오순도순 잘 산다고 하더라.


## 진도의 개과천선


둘째 진도는 성암에서 계속 살았다. 그러던 어느
날 남에게 뭘 퍼다 주고 돈을 받아서는 그걸로 군것
질을 하다가 저희 아버지에게 크게 혼났다. 그래서
집을 나와 어디 갈 데가 없이 떠돌다가 우리 집을
찾아 왔더라. 얼굴이 아픈 사람 같아서 "너 어디 아
프냐?"고 물었더니 "안 아프다"고 그러더라.

그 시절에 너희 아버지는 기계 갖고 돌아다니면

집은 늘 비어 있다시피 했지. 진도에게 밥을 차려주니 며칠 굶은 애처럼 허겁지겁 먹더라. 옷이 새카매서 "너는 왜 옷도 안 빨아 입고 그랬냐?"고 물었더니 아무 말도 안 하더라.

   이튿날 너희 아버지가 진도에게 "너희 집에 일거리가 별로 없으면 여기서 너희 누나와 좀 있어라."고 하더라. 그러니까 좋다면서 "그렇지 않아도 엄마가 여기 가서 좀 도와주라"고 그랬다는 말을 하는 거야. 그래서 너희 아버지가 "그러냐. 그럼 여기서 애들도 좀 돌보고 너희 누나와 좀 같이 있어라"고 했다.

   그러고 너희 아버지는 일하러 가서 없고, 비가 와서 고구마를 놓으려고 고구마 순을 자르다가 그 순을 진도에게 갖다 주며 "좀 자르라"고 시켰지. 순 자르는 동안 "네 것 바지 좀 빨아서 올게"라고 했어. 진도에게 네 아버지 옷을 입혀 놓고는 고구마 순을 좀 자르고 있으라고 시킨 거야. 그때 진도가 아마 열 대 여섯 살쯤 되었을 무렵일 거다.

   진도에게 준 너희 아버지 옷에 혁대가 없어서 내가 하고 다니던 허리끈을 줬지. 근데 그 허리끈에 뒤주 열쇠가 달려 있었어. "빨래하고 오는 동안 그 허리끈을 좀 묶고 있어라"고 진도에게 건네주었다.
근데 내가 빨래를 하러 간 사이에 그 녀석이 열쇠로
뒤주를 열었나 보더라. 그 뒤주 속에는 너희 아버지
가 벌어다 놓은 '돈 천 이백 원'이 있었어. 지금으로
말하자면 아마 12만 원 정도나 될 거야. 그 돈을 꺼
내서는 어딘가에 감춰두고 다시 뒤주를 잠근 뒤 고
구마 순을 잘랐나봐.

내가 빨래를 빨고 와서 넌 뒤 보니 진도가 고구
마 순을 조금 밖에 안 잘라놨더라. 그래서 "어째 여
태 고구마 순을 겨우 이 정도 밖에 못 잘랐을까" 속
으로 생각했지. 그러고는 "아직 어린 애라 한 눈 파
느라 그랬나 보다" 그렇게 짐작만 했지. 나중에 보니
진도가 그 돈을 훔쳐간 거야. 그 사실을 곧바로 알
지는 못했어.

그때 우리가 돼지를 키웠는데 돼지가 새끼 아홉
마리를 낳았지. 그래서 너희 아버지가 진도에게 "돼
지 한 마리 갖고 가서 키워서 너희 누나 결혼할 때
잡아먹으라고 갖다 줘라. 그러고 '매형네 집에서 좀
더 있으련다'고 말하고 와라" 그렇게 시켰지. 그러자
"좋다"면서 돼지를 자전거에 싣고 갔다. 당시 너희

아버지가 삼천리 새 자전거를 8천원에 사서 사용한 지 얼마 되지 않았을 때야. 그 자전거에 돼지 한 마리를 실어 성암으로 보냈지.

그런데 이튿날 아침 일찍 재환이가 자전거를 갖고 왔더라. "어째 진도는 안 오고 네가 오냐?"고 묻자, "아이고 그놈의 새끼, 집에서 못된 짓하다가 아버지한테 꾸중 맞고 나가서 한 일주일 됐는데 돌아다니다가 여기 왔었나 봅니다. 아침 일찍 진도가 안 보여서, 아버지가 진도 그놈 자전거 갖고 어디 도망칠지 모르니 얼른 찾아보라고 해서 부랴부랴 약수리에 갔더니 점방(店房, 동네의 작은 가게)에서 그새 뭘 사서 먹고 있습디다. 돈을 어디서 났는지 모르겠어." 그러더라. 그래서 자전거만 빼앗아서 가져왔다고 하는 거야.

'아차' 싶었지. 궤짝 속을 찾아보니 돈이 감쪽같이 사라졌어. 그 돈을 훔쳐가서 그걸로 가게에서 군것질을 한 거지. "아이고, 우리 돈을 가져갔나 보다, 궤 속에 넣어둔 돈이 없어졌다"고 하자, 재환이가 "그놈 새끼가 그런 버르장머리가 있다니까" 그러고는 재환이가 자초지종을 다 알고 갔지. 그 뒤 진도는 가출해서 여기저기 돌아다니다가 인천까지 갔나 보더라.

인천 부둣가에서 돌아다니다가 배를 타고 일을 했단다. 거기서 하역 작업을 돕고 심부름을 하고 그러면 돈을 받곤 하였나봐. 그러면 그 돈을 하숙집 아주머니에게 맡기곤 하였단다. 몇 년 만에 진도가 성암에 찾아와서는 자신은 인천 부둣가에서 일하며 산다고 그러더란다.

우리 어머니가 "우리는 돈이 없어 죽겠다"고 하자, 진도가 "엄마, 나랑 인천에 갑시다. 그러면 내가 돈 5만 원 만들어 드릴게요." 그랬지. 그때 당시 5만 원이면 지금 50만 원보다 더 가치가 클 거야. 그래서 긴가민가하며 어머니와 재환이가 따라가 보았더래. 가봤더니 선창가에서 음식점과 여관을 겸해서 하는 어느 집 아주머니네 집을 정해서 그 집에서 먹고 자고 일을 하더란다.

그 아주머니가 "아들을 어째 그렇게 잘 두었습니까. 참 착실하다"고 그러더란다. "돈 좀 벌면 바로바로 내게 맡기고 그래서 돈을 많이 모아 두었다"며 칭찬을 많이 하더래. 그러고는 진도가 실제로 돈 오만 원을 찾아다 주더란다. 그 돈을 받아왔다면서

"아, 그놈이 이제 사람이 됐더라."고 엄마가 나한테 그러더라. 그래서 나도 흐뭇했어. 비록 돈 천 이백 원을 몰래 훔쳐갔지만 성실히 잘 산다니 잘 됐다 싶어 마음이 놓였다. 진도가 그렇게 살다가 결혼도 잘 해서 지금도 잘 산다고 하더라.

## 백수 '짝귀' 영감님

**- '짝귀 영감님'은 언제 돌아가셨어요?**

그 양반이 우리가 여기 담양 집짓기 전에 돌아가셨다. 우리 어머니 돌아가신 뒤에 4년쯤 더 사시다가 돌아가셨다. 우리 어머니는 "내 딸(송경자)이 믿는 하나님 나도 믿겠다."면서 노년에 신앙생활을 열심히 하셨다. 짝귀 영감님도 우리 어머니가 돌아가신 뒤부터는 교회에 나가셨지. 그 양반이 우리 어머니와 나이 차이가 많아. 아마 열 칠팔 살 위일 거다.

**- 그 분은 왜 '짝귀 영감님'이라고 불려요?**

청년 때 대악리 사는 동년배하고 싸웠단다. 그 사람 코를 물었더니 그 사람은 귀를 물어서 귀가 거의 떨어지려다 붙어 그 뒤부터 '짝귀'라 불리게 됐단다. 근데 그 싸웠던 사람과 사돈이 됐다. 그 집 아들과 우리 정숙이가 결혼을 했나봐. 둘이 연애를 했는데 그 집에서 결혼을 극구 반대했단다. "그 징한 놈 짝귀네와는 사돈을 안 맺겠다!"면서. 그 집은 정숙이네보다는 더 잘 살았어. 아저씨가 착해서 농사도 열심히 짓고 그래서 먹고 살 수는 있었나 보더라.

**- 짝귀 할아버지 본명은 뭔가요?**

'진창연'이다.

**- 그 영감님은 무슨 일을 하고 사셨나요?**

농사도 안 짓고 백수로 살았단다. 그러니 우리 어머니가 얼마나 고생했겠냐? 애들은 많고 그 애들 다 키우느라 무척 고생하셨지.

**- 시골에 살면 농사만으로도 바쁜데 어떻게 백수로 살았다는 건가요?**

그 양반은 그냥 돌아다니며 윷놀이나 하고 노름이 나 하면서 살았어. '밑져야 본전'이라고 몸뚱이로 때 워 넘기고 그렇게 노름을 하고 그랬나 보더라. 어디 서 윷이나 놀아서 돈푼이나 생기면 가져와서 먹고, 없으면 굶고 그랬던 거지. 그래도 경위(涇渭)는 바른 사람17)이라 남의 집 흥정은 잘 하였지. 그래서 그런 흥정 같은 일을 해서 먹고 살았다. 땅은 없으니 우 리 어머니가 남의 논이나 밭을 조금씩 얻어서 농사 지어서 그 소출을 늘 담양장에 갖다가 내다 팔고 그 렇게 어렵게 살았던 거야.

## 손가락 잘려 받은 돈

17) 흔히 쓰는 '경위(涇渭)가 바르다'라는 말에서 경위(涇渭) 란 "사리의 옳고 그름과 시비의 분간"이라는 뜻이다. 따 라서 경위가 바른 사람이란 사리의 옳고 그름과 시비의 분간이 뚜렷한 사람이라는 의미이다.

너무 형편이 어려워서 재환이를 심지어 '남의 집 머슴으로 보내야하나' 하는 고민해야 할 때도 있었어. 곧 장가도 보내고 그래야 하는데 집안에 가진 게 없으니 너무 막막했던 거지. 하지만 재환이 자신이 '싫다'고 거부해서 그건 없던 이야기로 끝났고, 대신 재환이는 간소매 공장에 취직하였다.

공장에 다니는 동안 한 처녀와 사귀어서 결혼을 하였지. 그렇게 짝을 만났으니 고향 집으로 돌아와 농사를 지으며 살려고 하였다. 근데 재옥이가 짝을 만나서 먼저 고향 집에 들어와 살고 있었어. 그래서 어머니가 "재옥이가 못자리라도 해 놓고 어디로 가면 재환이 너희가 들어오너라." 그랬단다.

그러는 사이 재환이가 간소매 공장에서 그만 기계에 두 손의 손가락이 다 잘리는 산재를 당하고 말았다. 그래서 거기서 250만 원 보상을 받았지. 그 당시는 3부 이자(월 3부 이자면 연 36%에 해당)였는데 그 돈으로 돈놀이하는 줄을 내가 알고 빌렸지. "내가 못 살면 못 살았지 네 손가락 잘려서 받은 돈을 내가 떼어먹으면 죽을 거 아니냐. 그러니 내가

못살더라도 네 돈만큼은 갚을 테니 좀 빌려 달라"고
해서 그 돈 중에 150만 원을 빌려 썼다.

그 뒤 내가 재환이 돈을 못 갚아 애간장이 타곤
했었다. 그 돈만 갚으면 내가 살 거 같았어. 오죽하
면 내가 밭을 매다가 "하나님 내 앞에 돈 보따리 하
나 던져 주시면 좋겠습니다."는 말을 하고 그랬다.
그 시기에 키우던 소가 갑자기 죽고 벌통들은 불이
나서 타버리고 이상히도 어려운 일이 연거푸 계속되
었다. 마치 욥이 받는 시험 같았지.

당시에는 너희들 키우느라 돈 들어갈 데는 많은데
벌이는 없어 형편이 너무 어려웠다. 너도 잘 알다시
피 장성댐 들어선 뒤 논을 보상받아 담양에 논을 샀
고 장성에는 짓지 말았어야할 새 집을 지었다. 그래
서 담양의 논과 장성 집을 오가며 농사를 지어야 했
기에 일의 능률도 떨어져 더욱 힘들었지. 근데 하나
님이 네 형 병기를 통해 백사를 주셔서 마침내 그
빚을 갚았다. 이자까지 해서 약 2백 만 원 가량을
갚았지.

## 소년문답을 떼다

내 나이 열네 살 때 가까운 월성리18)에 천주교 선교당이 새로 들어섰다. 장성 천주교 성당에서 월성리에 천주교 선교당을 지으려고 터를 둘러보고 그러고는 월성리 사람들에게 "천주교 선교당이 세워지면 나오라"고 전도를 했나 보더라. 근데 그때는 천주교를 다니는 사람은 다 강냉이 가루를 주었어. 천주교에 등록만 하면 다 줬다. 이름만 등록을 하고 그 교리문답 책을 사다가 공부만 하면 강냉이 가루를 얻을 수 있었지.

근데 하루는 우리 고모 친구 두 명이 우리 집을 왔더라. 상당히 떨어져 있는 데 사는 사람들인데 우리 집까지 일부러 찾아온 거야. "자기네 동네도 전체가 천주교회에가 가입을 해서 강냉이 가루를 다 집집마다 준다"고 하더라. "강냉이 가루 열 부대를 집집마다 다 나눠먹었다"고도 했어. 맨 먼저 나서서 자

---

18) 장성군 북하면 월성리는 대악리에서 약 4.6km 떨어진 곳이다.

기 동네에 천주교를 알린 사람에게는 별도로 강냉이 가루 한 부대를 더 주고 다른 사람들은 그 나머지 강냉이 가루를 다 똑같이 나눠간다고 하더라. 그들은 우리 고모에게 "당신이 동네에서 제일 야무질 것 같아서 와서 말을 하는 거니 설두(設頭: 먼저 앞서서 일을 주선함)를 하라"며 설득하였다.

그래서 고모가 "설두를 어떻게 하는 거냐?"고 묻자 "장성 성당에 가서 동네 호별로 교리문답 책을 사다가 나눠주라"고 하더라. 그런 뒤 "고모 돈으로 책을 사다가 나눠주고 받은 사람들 이름을 다 적어 그 명단을 올려주라"는 거였어. 그러면 성당에서 나와서 교리 공부도 시키고 그런다고 했다. 고모는 "그렇게 하겠다."고 하여 가진 돈이 거의 없어 책을 이십 권 가량 사왔다. 『노인문답』과 『소년문답』이란 책이었다. 『노인문답』은 지금 생각해 보면 마태복음에 있는 말씀들이다. 『소년문답』에는 문답 문제가 더 많이 나와 있었다.

문답식으로 돼 있는 교리공부를 마치면, 즉 책을 떼면 입교한지 육 개월이 안 된 사람이라도 당시에는 영세를 다 준다고 그랬다. 그런데 고모가 『노인

문답』과 『소년문답』을 사 와서 젊은 사람에게는 『소
년문답』 주고 오십 넘은 노인들은 『노년문답』 주고
그랬다. 『소년문답』 책을 한 권 사다 주면서 나에게
공부하라고 그러더라. 그래도 학교를 잠시나마 다닌
덕분에 내가 국문은 다 알았다. 글을 읽을 줄 아니
까 『소년문답』 공부가 재미있더라. 천주교회 『소년문
답』 한 권을 쉽게 다 뗐어.

우리 집에 다녀간 장성 성당의 회장이 일주일 만
에 한 번씩 찾아와서 '찰고(察告)'를 받았어. 그걸
'찰고'라고 했다. 찰고를 받으면 그동안 외운 걸 안
보고 졸졸 외워야 한다. 그러면 회장이 찰고 때마다
각 사람이 교리문답서 어디서부터 어디까지 외웠는
지 적어 갔지. 찰고 때 천주교에 입문한 동네 사람
들은 회장 앞에서 문답서를 외워야 했다. 근데 나는
그걸 육 개월 만에 다 외웠어. 우리 동네에서 최초
로 나와 청년 병윤과 한기, 이렇게 셋이서 그 문답
책을 다 떼었다. 그래서 영세를 받으러 오라고 그러
더라.

우리가 교리문답 공부하는 동안에 동네에 천주교
선교당을 다 지었다. 거기 가서 영세를 받는데 천주

교 신부가 왔었지. 그 신부 앞에서 찰고를 받았어.
한 사람씩 들어오라고 해서 이름 적고, 가정 사항
다 물어보고, 외워보라고, 물어보는 말에 다 대답을
해야 했다. 그 청년 둘과 나까지 세 명이 영세를 받
기로 되어 있었지.

## 부모 없는 설움

그동안 그것마저도 시기·질투가 난 사람이 생겼다.
한 달에 한 번씩 밀가루나 강냉이 가루가 구루마로
한 구루마씩 우리 동네로 오곤 했다. 한 구루마씩
오면 그걸 우리 집에 쌓아 놓고 배분하였어. 그럴
때면 한 부대는 우리 집 몫으로 딱 제쳐 놓으라 했
다. 그러고는 마당에다 멍석을 깔아 놓고 동네 사람
들에게 되로 나눠주었지.

밀가루는 저울로 나누고, 강냉이 가루는 부어 놓
고 대로 나누고 그랬어. 동네 반장이나 그런 사람들
이 와서 자신들끼리 알아서 나눠 가곤 하였다. 우리
집에는 먼저 한 부대를 떼어 들여 놓으라고 해서 방

에 들여 놓고는 나머지는 자기들끼리 알아서 분배를 한 거야. 그걸 두고 말께나 허는 남자들이 시기했다.

그래서 한다는 말이 "암탉이 울어서는 날이 안 샌다. 수탉이 울어야 한다" 그러면서 동네 사람들에게 자기네 집으로 오라고 하였다. 말하자면 우리 고모는 "여자이니 아무래도 앞으로 천주교회 회장 같은 평신도 지도자가 못 된다"며 그런 거야. 특히 그 동네 ○○ 양반이란 사람이 "다음부터는 우리 집으로 오라"고 하였단다. 그러니까 "맨 처음에 경자네 집에서 교리문답 책도 다 사다 주고 그랬는데 이상하다"며 동네 사람들이 우리 집에 와서 이야기를 하더라.

그래서 고모가 "그것도 시기 나서 그런가보다"라며 "그리로 오라면 그리 가라"고 그러더라. 그래서 어찌됐냐면 그 ○○ 양반이란 사람이 선교당 본당에 찾아 가서 우리 고모가 남의 '작은 마누라로 사는 사람'이라고 그랬단다. 선교당에서는 작은 마누라 얻는 걸 금하니 그런 말을 한 거야. "남의 작은 마누라로 사는 사람이, 믿음도 없고 그런 사람이 찰고를 해서 되겠느냐," 그러면서 "앞으로는 우리 집에서 찰고를 하겠다."고 말했나 보더라. 그리고 돌아와 동네 사람들에게 "우리 집으로 오라"고 그런 거였어. 찰고 받으러 올 때 항상 회장이 우리 집으러 왔거든. 근데 그 사람이 본당에 가서 그런 얘기를 하여 본당 허락을 얻어낸 거야. 그래서 동네에 와서는 "다음번부터는 우리 집에서 찰고를 하기로 했다"며 자기네 집으로 오라고 알린 거다.

그러니 우리 고모는 "나는 기분 나빠서 더 이상 선교당에 안 다니려니까 다니려면 너나 다녀라"고 나한테 그러더라. 고모는 "너나 열심히 해서 영세 받아라. 영세 받으면 밀가루를 한 부대 씩 준단다."라고 하였다. 그러니까 우리 고모 마음은 내가 영세 받으면 밀가루를 타먹을 생각 밖에 없었던 거 같아. 근데 나는 교리문답 책에 재미를 붙였어. 그래서 계속 다녔고 마침내 영세 받는 날이 돌아왔다. 위아래 옷도 하얀 옷으로 해서 입고 미사보도 만들어 신이 나서 성당에 갔지. 하지만 그렇게 영세 받으러 성당에 간 날 내가 얼마나 울었는지 모른다.

신부 앞에 영세 받으러 갔더니 신부가 "아버지 계시냐?, 어머니 계시냐?"고 묻더라. "어머니 아버지가 안 계십니다."라고 대답하자 "그러면 누구와 사느냐?"고 물었다. "고모와 함께 산다."고 하니 "그러면 고모랑 여기 왔느냐?"고 그러더라. "안 오셨다"고 하자 "그러면 영세를 줄 수 없다, 보호자가 있어야 한다"고 하는 거야. "안 믿는 데로 결혼을 시킬지 모르니까 보호자를 세워야 한다"는 이유였다.

우리가 영세 받으러 월성리 성당에 갔을 때 우리 동네 설두자도 그 자리에 함께 참석하였다. 시기 내서 자기 집서 밀가루 분배하게 한 바로 그 사람 말이다. 그에게 신부가 "당신이 (송경자의) 보호자를 하겠느냐?"고 묻자, 그가 "못 한다"고 대답하였다. 아마 내가 미워서 그랬겠지. 그는 "남의 자식을 내 맘대로 어찌 하겠느냐, 보호자는 할 수 없다"고 하였다. 그러자 신부는 "그러면 안 되겠다"며, "가서 고모를 모시고 오라"고 그랬다. 문답도 하지 않고 가족 상황을 물어보다가 그랬어. 고모를 모시고 오라고 해서 그 월성리서 달음박질을 쳐서 우리 집까지 그 십리 길을 왔다. 와서 다시 고모를 데리고 가니까 이미 교리문답식은 다 끝나고 영세식을 하고 있더라.

그때 내가 영세를 못 받은 것도 서럽지마는 '부모가 없는 사람은 이런 데서도 표가 나는구나!' 그 생각을 하니 눈물이 쏟아지더라. 영세도 못 받고 집에 돌아와서는 '영세도 못 받는 천주교 다닐 것도 없다'고 하고는 더 이상 성당도 안 다녔다. 그러고 있는데 그때부터는 사는 재미가 없더라. 성당도 안 나가고 공부도 안하고 그러니 따분하기 그지없었지.

# 4. 생명의 씨앗이 되고자

## 장사교회를 다니다

그즈음 장사리에 장로교 예배당이 들어섰다. 그러자 고모가 "작은 집 종조할아버지도 장로님이고 그전에는 우리 집도 예수를 믿던 집안이니 예배당으로 가라"고 하더라. 그래서 예배당에 다니기 시작했어. 예배당은 우리 동네 장사리에 있었으니 가까웠지. 예배당에 갔더니 성경 말씀이 다 내가 이미 『소년문답』으로 공부했던 내용이더라.

설교를 들어봐도 그 내용이고 다 그랬어. 그러니 나는 기초 신앙은 천주교에서 다 배워서 예배당으로 간 셈이지. 그래서 진리를 훤하니 빨리 알아버렸지. 천주교에서는 무조건 외는 일에만 열중을 했지 그 뜻을 잘 몰랐어. 예배당에 가서 설교를 들어보니 그제야 그 뜻이 다 이해가 가더라. 그래서 예배당에 열심히 나갔어.

그즈음 장로님인 작은 집 할아버지(송흥진)가 우리 집에 한 번 오셨어. 그때가 수요일 저녁인데 교회를 가시면서 나랑 함께 가자고 하시더라. 그래서 갔는데 그날 우리 할아버지가 설교를 하셨어. 그 설교를 지금도 안 잊고 있다. 그때 장사교회는 교인이 별로 없었어. 신학공부를 한 어느 전도사가 예배당을 짓고는 교회에서 생활비도 못 대주고 그러니 다른 곳으로 가버렸지. 그래서 교역자가 빈 상태라 할아버지가 설교를 하셨단다.

그때는 장로교 통합측과 합동측이 나눠지지 않은 상태라 그냥 '대한예수교장로교'였지.19) 담양 작은집 할아버지가 큰집인 우리 집에 들르러 와서 보니 교역자가 비어 있고 교인들도 별로 없어서 교회가 곧 없어질 위태로운 단계였어.

당시 장사리 교회에 최 집사님이라고 있었어. 그분이 우리 사돈이거든. 그분이 우리 할아버지가 오시자 "많이들 교회로 오라"고 전도를 했나 보더라. 서로 사전에 연락이 된 것 같았어. 그래서 그날 저녁 교회에 가니 교인들이 한 가득 찼더라. 평소에는 교

---

19) 한국의 대표적인 개신교 교단인 장로교는 한국전쟁 이후 세 차례의 큰 분열을 하였다. 1951년에는 신사참배 회개 문제로 고려파가 떨어져 나갔고, 1953년에는 신학적 이견으로 기장(기독교장로회)이, 1959년에는 WCC(세계교회협의회) 가입 문제로 통합측과 합동측이 나뉘었다.

인들 댓 명 정도 밖에 안 나오는데.

근데 우리 할아버지가 성경 어디를 본문으로 했느냐면 출애굽기야. 모세가 구리 뱀을 만들어 장대에 달아놓고 쳐다보라고 한 그 대목(민 21:4~9)을 설교하셨어. 그러면서 "세상에 하나님이 얼마나 좋으신 분이냐면 장대에 달린 놋뱀을 그저 쳐다만 보면 다 살려주셨다. 그럼에도 그 당시 놋뱀을 쳐다보기 싫어서 안 쳐다보다가 고집부리고 불뱀에 물려 죽는 사람들이 있었다."고 하셨지. 또 "지금 우리가 예수를 믿기만 하면 영원히 살 수 있는데 믿지 않고 의심하니 영원히 죽는다"고 말씀하시더라. 그 설교가 지금도 귀에 쟁쟁해. 그러고는 나에게 "교회를 잘 다니라"고 하셨다.

할아버지가 다녀가신 뒤 나는 집에서 더 해방이 되었다. 할아버지가 오시기 전까지는 "일해야 한다"며 주일날 낮에는 교회에 못 가게 했어. 저녁에만 가라고 했지. 근데 할아버지가 "낮에 가야지 저녁에만 가서야 되느냐"며 "낮에도 보내라"고 하셨다. 그래서 낮에도 보내주더라. 그렇게 교회를 잘 다녔는데, 나중에는 조금 크니 "교회가면 연애 한다"고 더 이상 못 다니게 하더라.

그 즈음 할아버지가 한 번 더 다녀가셨다. 오셔서
는 "이 교회에 청년들이 많냐?"고 물으시고는 "낮 예
배에는 교회에 보내고 저녁 예배에는 보내지 마라"
고 그러셨다. 조심을 해야 한다고. 그래서 그 뒤부터
는 저녁이고 낮이고 고모가 교회에 못 가게 했다.
그래도 내가 어떻게든 몰래 교회를 다녔지.

그 전부터 내가 새벽기도를 꼭 다녔어. 내가 새벽
기도를 다니면 밥을 일찍 한다고 할머니가 꼭 깨워
주셨거든. "새벽기도 갈 시간됐으니 가라"고 하셨다.
새벽기도에 갔다 오면 언제든지 밥하기에는 시간이
너무 일렀어. 그렇게 새벽기도도 잘 다녔는데, 작은
집 할아버지가 다녀가신 뒤부터는 새벽, 낮, 밤 언제
든 교회를 못 다니게 하는 거야. 못 가게 하니 더
가고 싶더라. 그래서 밥 먹고 치우면 살짝 부엌에서
교회를 가고 그랬지. 그렇게 교회에 갔다 오면 늘
할머니가 잔소리를 하셨다.

## 혼자 받은 학습문답

그러던 하루는 교회에 다녀오니 할머니가 문을 딱 잠가놨더라. "문 열어 달라"고 애원을 했더니 열어주고는 할머니가 칼을 가져와서는 다짐을 받더라. "교회에 간다"고 하면 찔러 죽여 버린다고. 칼을 나한테 대고는 "죽을래? 살래?" 막 그러셨다. 그래서 내가 대답 안하려고 부엌으로 도망가 버렸어. 할머니 주무실 때까지 기어코 대답 안 하려고 부엌에서 방에 안 들어갔어. 그러니 "어서 들어오라"고 마구 욕을 하시더라. "이년 가랑이를 찢어 죽이겠다."고 하면서. 우리 할머니가 화가 나면 여간 사나운 분이야. 그렇게 교회를 못 가게 막으니 한 동안 쉴 수밖에 없었어.

그즈음 내가 열여섯이었고, 음력으로 4월경이었을 거다. 인도아 목사님[20]한테 학습을 받았다. 아마

---

20) 한국명 인도아(Dr. Dwight Linton) 선교사는 한남대학교 설립자이자 초대 학장인 Linton 박사의 4남이고 구한말 근대 교육과 의료선교를 하던 유진 벨 선교사(1868-1925)의 외손자다. 그는 전북 전주에서 태어나 성장하였고 미국에 건너가 대학과정을 마쳤다. 이후 1952년 한국

1959년일 거다. 인도아 목사님이 오셨는데 그때 교회에 세례교인, 학습교인이 한 명도 없고 딱 나 혼자 학습교인이었다. 예배당이 있긴 했지만 누추해서 그랬는지 인 목사님이 내 친구 금순이 오빠네 방에서 학습문답을 하셨다. 그때 친구 오빠와 친구랑 몇명이 있는데 나에게 학습문답을 하게 방으로 들어오라고 하더라. 그 당시 장사교회는 말이 교회지 교인이라고는 내 친구 아버지가 유일한 집사였고 그 아들은 전주로 공부하러 다닐 무렵이라 교회도 거의 안 나왔었지. 또 그분의 형님네 아들이 서리집사였

---

선교사로 파송 받아 1953년부터 1978년 6월까지 25년 동안 의료 선교사로 헌신하였다. 인도아 선교사는 1954년~1972년까지 전라남도 여러 곳에 교회를 개척했고 1972년부터 1978년까지 호남신학교 교장을 역임하기도 하였다. 미국에 귀국한 뒤인 1980년부터 1987년 6월까지는 미국장로교단(PCA) 국내선교부 소수인종부 담당자로 한인선교, 흑인선교, 중국인 선교 등의 총 책임자를 역임했다. 1989년 6월부터 1996년 은퇴하기까지는 미국장로교단 교육부 다문화 선교사역 책임자로 사역하였다.

그는 2010년 1월 11일 조지아주의 게인즈 빌에 있는 체스넛 마운틴 교회에서 열린 친구 목사의 장례식에 참석한 뒤 승용차 편으로 귀가하던 중 교통사고를 당해 별세하였다(향년 82세). (김대기, '인도아 선교사님의 별세를 회고하며' 「기독일보」, 2010. 1. 15. http://bitly.kr/xEGPAP4VXyu ) 박찬희, '아, 한국을 사랑했던 인도아 목사님' 「기독일보」, http://bitly.kr/7CDu1V23YgD )

다. 그러니까 최 집사의 조카와 작은 아버지가 교회를 이끌던 상황이었지.

그런데 그 조카네 집에서 인도아 목사님 식사대접을 한다고 그러더라. 그래서 내가 상추를 뜯어서 갖고 갔더니 "학습문답을 하게 들어오라"고 한 거다. 내가 그때만 해도 너무 가난해 양말도 못 신은 맨발 상태였는데 친구 한 명이 자신의 양말을 벗어 주며 그걸 신고 들어가라고 하더라.

**- 그때 인도아 목사님을 처음 뵌 거예요?**

그랬지. 그때 '인도아 목사님'이란 말만 들었지. 그분이 학습문답 하시면서 "부모님이 교회 나오시느냐?"고 물으시더라. "부모님이 6.25때 돌아가셨고 고모님과 할머님과 함께 사는데 두 분 모두 교회에 안 나오신다"고 하자, "나이가 몇 살이냐"고 물어서 "열여섯"이라고 했다. "교회 나올 때 누구 인도로 나왔느냐" 그래서 "그냥 나왔다"고 했다. 그러자 이름 적고 학습문답을 하고 가셨다.

그때 내 생각에 인도아 목사님이 그러셨을 것 같

더라. 없어질까 말까 하는 '새싹 하나'가 와서 학습을 받는다고 하니 얼마나 기특하게 생각해 기도를 얼마나 하셨을까 싶어. 그래서 내가 지금까지 신앙생활을 하고 있지 않는가 생각한다. 얼마나 귀하게 생각하고 기도를 많이 하였겠느냐? 그날 나 한 사람만 학습문답 하고 가셨어. 그해 봄에 학습문답을 받았는데, 집에서 가을부터 교회를 못 나가게 한 거야. 가을에 세례를 받아야 하는데 말이다. 그래서 그해 가을에는 세례를 못 받고 말았지.

## '교인' 대신 만난 '기술자' 신랑

그 이듬해 결혼을 했어. 그해 가을부터 열일곱 살 날 때까지 거의 1년 반을 교회에 다니지 못했어. 그때 명희 이숙이 고재환 장로님이야. 그 장로님이 오셔서 장사교회를 맡아 이끌고 계셨다. 우리 작은 집 할아버지가 그 장로님을 알선했는가 보더라. 고 장로님이 팔이 하나 없으시다. 그래서 다른 일은 못하시고 목회를 하셨어. 그 장로님이 우리 할아버지도 잘 알고 그러신다. 할머니와 고모가 나를 교회에 다니지 못하게 하는 것도 다 아셨지. 그래서 이대로 두면 틀림없이 나를 믿지 않는 집안(비신자 집안)으로 결혼을 시킬 거라는 생각을 하신 거 같아. 그래서 고 장로님은 직접 중매해서 예수 믿는 사람과 결혼을 시키시고자 담양 고서교회 총각 한 사람을 소개하셨다.

그때 내 나이 열일곱 살이라 나한테는 이야기를 안 하고 명희 이모가 우리 할머니한테 얘기를 하셨어. 어느 날 찾아오셔서는 방에서 이야기를 하시더라. 근데 나는 그 총각이 마음에 들었어. 얼굴도 보지 않았지만 교인이라고 하니 딱 맘에 들었어. 그 사람 어머니도 집사이고 총각이 신앙이 좋고 그런다고 했어. 그 총각 나이가 그때 스물한 살이었다. 먹고 살만큼 재산도 있고 딸들은 다 결혼하였고 아들하고 어머니만 같이 산대. 그런데 '외아들이라 빨리 여의려고 그런다'는 소리를 들으니 딱 마음에 들더라고. 근데 우리 할머니가 "안 된다"고 잡아떼더라. "아직 나이가 어리니 안 된다"는 거였어. 하지만 나는 나이가 어리니 안 가고는 싶었으나 내 마음 속으로는 '믿는 사람이니 좋다.' 그 생각을 했어.

　그랬는데 느닷없이 너희 아버지한테 여읜다고 하더라. 너희 아버지가 그때 그 동네로 보리타작을 오셨는데 우리 할머니 눈에 쏙 들었어. 착실하니 생겼다고. 게다가 판연이 할머니가 우리 집에 다니면서 우리 할머니를 꼬드기기도 하셨나 보더라. 식구도 없고 기술도 있어 좋은 총각이라고. 너희 아버지가 기술자라 그런 손재주 있는 사람한테 여의어야 한다고 그랬지.

　그 동네에는 발동기 가진 사람이 없었다. 너희 아버지가 오기 전 해에 외부에서 누가 한 번 들어와서 보리타작을 한 적이 있었어. 보리 한나절 치고 고장 나고, 다시 한나절 치고 고장 나고 늘 그랬어. 근데 너희 아버지가 갖고 와서 하면서부터는 이 기계가 전혀 고장이 나지 않았어. 그 전에는 다른 곳으로 옮기면 고장 난다고 꼭 한 군데에 놓고 온 동네 보리를 다 쳤다. 우리는 일할 사내가 없어서 놉을 얻어서 보리를 기계 있는 데까지 지게에 져서 나르곤 하였지. 너희 아버지는 달랐어. 집집마다 기계를 갖고 가서 그 집 마당에서 보리를 다 쳐주었다. 그러니 너희 아버지를 '좋은 기술자'라고 온 동네에서 칭찬하였지. 고장도 안 나고 언제든지 쉬려고 "기계 끄라"고 하면 기계를 끄고 또 다시 돌려도 아무런 고장이 나지 않고 그러니 좋아할 수밖에. "나이도 얼마 안 먹은 총각이 아주 기술자더라"고 타작하러 가서 일하던 사람들이 다들 그랬다.

그때는 그 동네에 처녀가 많았어. 그 처녀들 중에 너희 아버지한테 시집오고 싶은 처녀들이 있었나 보더라. 지금 김 집사 동생 이름이 밤례인데, 당시 스물두 살이던 밤례가 너희 아버지와 결혼하고 싶어서 안달이 났었대. 그랬는데 너희 아버지가 "싫다"고 했단다. 그래서 묘하게도 내가 가고 싶던 데로 밤례가 가고 나는 밤례가 가고 싶던 데로 오게 됐지. 명희 이모가 나한테 중매한 그 고서 총각이 밤례 남편이 됐다.

밤례는 스물두 살이라 신랑보다 한 살이 더 많았어. 그래도 둘이 결혼하였지. 그 사람은 싫다던 너희 할머니가 나를 너희 아버지한테는 여의겠다고 갑자기 막 서두르셨어. 그래서 너희 아버지한테 여읜다고 날을 받았다. 음력으로 시월 스물 하룻날로 받았고 밤례네는 시월 스무날로 받았지. 그래서 그 고서 총 각이 선보러 우리 동네에 왔었다. 내가 나무비늘에서 나무를 떼고 있었는데 명희 이숙과 함께 가다가는 둘이서 무슨 이야기를 나누다가 나를 쳐다보며 안 가고 섰더라. 그래서 나도 쳐다봤더니 그 양복 입은 사람과 같이 나만 쳐다보며 안 가고 서 있었어. 그래서 내가 '저 사람이 틀림없이 고서의 그 총각이구 나!' 짐작했어. 그가 밤례 선을 보러 우리 동네에 온다는 이야기를 들었거든. 하지만 인연이 아닌데 어쩌겠냐.

## 신혼 초반 병이 들다

나중에 너희 아버지는 안 믿는 사람이라 결혼을 해서 사는데 재미라고는 없었어. 밤례와 결혼한 '그 사람은 예수 잘 믿으니 좋겠다,' '나이도 작으니 좋 겠다'... 늘 그 생각만 들었어. 너희 아버지는 나이도 많고 성경책도 못 보게 하더라. 성경책만 보면 욕하고 그랬지. 너희 아버지가 어디 나갔다가 올 때 내가 성경책을 보고 있으면 "짜잔한(못난) 것을 또 보고 있다"며 욕했어. 그러면 부아가 나서 못살겠더라.

그때 우리는 약수리 너희 고모네 작은 방에서 살았어. 내가 그러다가 병이 나고 말았다. 심정이 괴로워서 괜히 보타져 죽겠더라. 교회도 못 나가게 하고 마음에 안 맞는 게 너무나 많아. 너희 아버지는 미신행위를 많이 시켰다. "발동기 부리니 초사흘날 밥을 해놓으라," 또 보름날이면 "제사를 지내라," "뭣을 해 놓으라…" 너희 할머니한테 보고 배운 그대로여.

너희 할머니가 점쟁이였단다. 동네에서 가새(가위)점21)을 했다고 하더라. 그러니 오죽하였겠냐. 그래서 그런 소리를 한 번씩 하면 그게 못 마땅해서 미치겠더라. 그렇게 한 일 년 살다가 2년차 나면서 너희 큰누나를 낳았지. 너희 큰누나를 낳았는데 너희 고모도 내게 우상숭배를 많이 시켰다. 너희 누나가 살이 많다고 "49일간 이레마다 방 윗목에 짚을 깔고

---

21) 송경자에 따르면 가새(가위)점은 그릇 위에 검정실과 흰 실을 십자로 묶고 그 위에 가위를 설치해 '가새 각시'에 게 길흉을 묻는 형태로 진행되었다. 한국전쟁 직후 시골 에 이런 점쟁이는 흔히 볼 수 있었다.

물 한 그릇과 미역국을 끓여 놓으라," 조금 아플라치
면 "푸닥거리를 해라," 막 그런 짓을 시키더라. 나도
그때는 예수를 완전히 잊어버렸어. 이제 '나도 예수
안 믿고 살아야 할라나 보다,' 그랬지. 그러고는 너
희 고모가 시키는 대로 하고 살았다. 이레도 새워주
고 마지막 이렛날 풀매기 푸닥거리를 하라니 푸닥거
리도 하고 그랬지. 하나님은 완전히 망각하고 이제
시집의 법을 따라야겠다는 생각을 하고 살았어. 그런
데 갑자기 내 몸이 아프더라.

하긴 '갑자기'가 아니라, 푸닥거리 같은 걸 하면서
도 마음 한 구석에는 '이런 거 안 하고 예수를 믿으
면 얼마나 신간이 편하고 좋을까' 하는 그런 생각은
갖고 있었지. 근데 이상하게도 몸에 가려운 병이 생
겼어. 처음에는 뒤통수 있는 데서부터 가렵더니 그게
나중에는 온 머리로 다 번졌고 점차 온 몸으로 다
번졌지. 가려워서 한 번 온 몸을 긁기 시작하면 그
진물이 손 사이로 찌걱찌걱 다 나올 때까지 긁어야
시원했어. 그렇게 긁고 나면 온 몸이 막 뜨겁고 아
파서 죽겠더라. 그러니 병원에 가야하는 데 병원은
안 가고 맨날 공 의사란 사람을 불러다가 주사만 맞

고 그랬지.

하지만 공 의사한테 아무리 주사 맞고 약을 먹고 해도 소용이 없었어. 근데 나중에 어떤 사람이 그 병을 '매독'이라고 했어. 매독이라고 해서 매독 환자가 먹는 약을 보리 두 가마니를 주고 사왔다. 그래서 그걸 먹는데 잘 낫지 않자 다시금 참 종이로 만든 네 봉지를 만들어 가져왔어. 빨간 환약이야. 한 봉지 반까지는 먹었어. 하지만 속이 아려서 더 이상 못 먹겠더라. 막 속이 따락따락 아리면서 아팠어. 그래서 '속 아파 죽겠다'고 하니까 너희 아버지가 "먹지 말라"고 하더라. 근데 병은 하나도 낫지 않았어.

그러다가 약수리에서 원골(원동) 화룡댁네 작은 방으로 이사를 갔지. 그 집도 교회 다니는 사람도 없고 그 동네도 교회 다니는 사람이 아무도 없었어. 근데 하루는 내가 너희 누나를 업고 기저귀를 빨려고 세숫대야에 담아서 마당에 막 나갔더니 어떤 신사가 와서 화룡 양반과 인사를 하더라. 화룡 양반이 이엉(초가집의 지붕이나 담을 이기 위하여 짚이나 새 따위로 엮은 물건)을 엮던 중이었는데 내가 보니 여간 사람이 친절하게 생겼더라.

그래서 '이 분이 틀림없이 교회서 온 사람이 아닐까' 하는 직감이 들었지. 화룡 양반이 "방으로 들어가시자"고 그러시더라. 그래서 그 분이 방에 따라 들어가서 나는 그냥 빨래하러 동네 도랑으로 갔지. 도랑으로 나가서 보니 공동 샘에 자전거가 한 대 받쳐 있는데 뒤쪽에 성경 찬송이 실려 있더라. 책만 봐도 하나님을 본 것 같았어. 어찌나 반갑던지. '내 생각이 딱 맞았구나!' 그랬지. 그 성경책을 내가 한참 쳐다보고 서 있었다. 그 책을 보니 꼭 구세주를 만난 그런 기분이야. 그러다가 빨래를 해서 집으로 돌아왔더니 그 손님이 가시고 없더라.

그래서 가만히 요일을 맞춰봤더니 그 날이 토요일이었어. '여하튼 나는 내일 아침밥 먹고 교회로 가야겠다!' 결심했지. 너희 아버지는 자주 외지로 돌아다니셔서 주로 나 혼자 많이 있었거든. 그래 아침밥 챙겨 먹고는 애기를 목욕시키고 옷을 갈아입혀 교회를 찾아갔지. '덕재에 가면 교회가 있다'는 정도만 알고는 '가서 어디에 있는지 물어 보면 되겠지' 하고 무조건 나선 거야.

그렇게 덕재까지 걸어갔더니 아무리 찾아봐도 교

회 십자가가 보이지 않았어. 덕재 동네가 산 밑으로 기다랗게 있었거든. 그래서 한 없이 지붕만 쳐다보며 갔지. 그렇게 갔더니만 병순 씨네 집 있는데 이르러서야 십자가가 보이더라. 그리로 갔더니만 예배당에 아무도 없어. 예배당에 들어가서 기도를 하려고 했지만 벌떡벌떡 가슴만 뛰지 기도가 나오진 않더라. 그저 가만히 앉아서 눈만 감고 한참 있었지. 그러고는 '아멘' 소리도 안 하고 그냥 나왔어.

나와서 보니 그 교회 옆에서 보리밭 매는 아줌마들이 있더라. 그 분들에게 가서는 "어찌 여기 예배당에 예배 안 드린대요?"라고 묻자, "예배를 저녁 때 하나 봅디다." 그러더라. "왜 저녁 때 본답니까?"라고 묻자 "왜 그런지 모르는데 저녁 때 보더라"고 그러면서 "그 예배당 옆의 집사님 집으로 가 보라"고 하더라. 그래서 그리로 가 보았지. 가서 한 집사님한테 인사를 했더니 "어디서 왔느냐?"고 물어서 "저기 원동에서 왔는데 교회에 사람이 없네요." 그랬지.

그러자 "저녁 때 예배를 본다"며 "방으로 들어가자"고 하시더라. 그래서 "애기 아빠가 진지 드시러 오실지 모르니 집에 갔다가 점심 차려 드리고 저녁 때 다시 오겠다" 하고 집으로 돌아왔지. 집에 왔더니만 너희 아버지 군대 시절 의형제 맺은 형님이 딱 오셨더라. 그래서 밥해주고 어쩌고 하다 보니 시간이 넘어서 예배당에 못 가고 말았어.

그러고는 '다음 주일에는 꼭 가야겠다'고 마음먹고 있다가 그 다음 주일부터 예배에 참석했지. 근데 그 다음 토요일에 전도사님이 심방(尋訪)[22]을 오셨더라. 교회서는 '어디서 왔느냐'고 해서 그냥 '원골에서 왔다'고만 하고 우리 집 위치를 알려주진 않았어. 그래서 우리 집 심방을 오신 건 아니었고 화룡 양반네 심방을 하러 오신 거였지. 그때까지도 내가 큰 방 식구들한테 "내가 교회 다닌다"는 말을 안 했어. 그래서 그 집에서도 몰랐지. 전도사님도 내가 교회 다닌 줄 모르고 큰 방에만 심방을 하고 가셨어. 그렇게 교회를 계속 다녔는데 너무도 마음이 편안하고 좋더라.

그 교회 가기 전부터 너희 아버지한테 그랬어. "어쩐지 내가 예배당에만 나가면 내 병이 낫을 것

---

22) 목회자가 교인들 집을 방문해 만나는 일.

같다"고. 그러자 너희 아버지가 "말도 안 되는 소릴 한다"고 호통 치더라. 그래서 절에서 굿도 한 적 있어. 굿을 해도 소용없었지. 그런데 교회에 다시 나갈 무렵 장성 백개리23)에서 한약방 하던 할아버지(정상기)한테 약 세 첩 지어다가 먹고 병이 나았다. 그분이 너희 할아버지의 재당숙이신데 중국에서 의서를 구해와 한약방을 하면서 약을 잘 지으셨다. 그때 약 두 첩은 먹고 한 첩은 다려서 머리를 감고 상처에 바르고 그랬다. 그렇게 했더니 깨끗이 나았지. 하지만 나는 지금도 그 약으로 나았다기보다는 내가 신앙을 찾으면서 나았다고 생각한다.

## 논을 되찾기까지

신혼 초기 너희 셋째 고모네가 세 마지기 반(한 마지기는 보통 200평)이 더되는 우리 논을 한동안 공짜로 벌어먹었다. 너희 할아버지 때부터 백양사 절

---

23) 장성댐 건설로 수몰된 마을 중 하나다.

논을 소작했는데 농지개혁[24] 때 신청을 해서 소작권을 갖고 있으면서 그 논 값인 돈을 조금씩 넣었지. 너희 할아버지 때부터 넣다가 할아버지가 사고로 돌아가시고, 너희 아버지가 이어서 계속 갚아 나갔대. 그래서 너희 아버지의 논이 되었지. 그 논이 아주 옥토였어. 결혼하기 전에 너희 아버지가 '논이 세 마지기 있다'고 해서 그런 줄 알고 시집 왔지. 결혼한 뒤에도 논 자랑을 해서 너희 아버지의 논인 줄 알았어.

근데 결혼해 살면서 보니 이상하게 그 논을 너희 고모네가 벌어먹는 거야. 그러면서도 우리한테는 쌀 한 됫박도 안 주더라. 억울한 생각이 들어서 내가 너희 아버지한테 "농사를 지었으면 우리한테 어느 정도는 줘야하는데 어째서 안 주느냐?"고 물어봤지. 너희 아버지의 대답이 "내가 그냥 지어 먹으라고 했어" 그러더라.

---

24) 북한은 1946년 3월 지주제를 폐지하고 무상몰수 무상분배 형태의 토지개혁을 단행하였다. 그러자 이승만 정권은 1949년 '농지개혁법'을 만들어 1950년 유상몰수 유상분배 형태(수확량 30%씩, 5년간 1.5배인 150% 상환)로 농지개혁을 실시하였다.

지금 열일곱 살이라면 그런 생각도 못하는 사람이 많을 텐데, 내가 어려서 고생을 많이 해서 그랬던지, 그런 걸 빨리 알았어. 그래서 "논을 어째서 시누네만 다 지어 먹으라고 하느냐, 우리도 여태 집조차 없으니 앞으로 집도 마련해야 하는데"라고 너희 아버지한테 따졌지. 그때 너희 아버지가 "우린 두 식구라 발동기에서 나온 걸로 먹고 살 수 있지만 시누네는 식구가 많으니 그냥 지어 먹으라고 했다"고 그러더라. 그래서 내가 '이러면 안 된다'고만 속으로 생각하며 지냈지.

그렇게 시누네 작은 방에 사는데, 너희 아버지는 발동기 갖고서 일하러 나가면 식구들이 집에서 굶는지 먹는지도 모를 정도로 무심했다. 그동안 시누네 살림을 내가 다 하다시피 했지. 나중에 알고 보니 너희 아버지가 군대에서 제대한 뒤에 돈이 없어 빚을 얻어서 발동기를 샀나 보더라. 그때는 기름 값이 비쌌다. 그래서 남의 많은 보리를 쳐도 그 기름 값 치르면 남는 게 별로 없어서 그 빚을 못다 갚았지. 그래서 결혼한 뒤 그 빚 때문에 형편이 여의치 않아서 집을 얻지 못하고 나를 친정에 놔뒀어. 설이 지난 뒤 데려온다고.

근데 그동안 논을 나 몰래 팔아버렸다. 너희 아버지는 나 만나면서부터 그런 못된 짓을 했다. 고모네도 빚이 있고 너희 아버지도 빚이 있으니까 고모네 논 두 마지기를 팔아 빚을 갚은 거야. 그렇게 돈을 나눠 쓰다 보니 그 대가로 고모네가 우리 논을 3년이나 쌀 한 됫박도 안주고 지어 먹은 거지.

나중에야 왜 그런지 알아보니 그런 사실이 드러났어. 그래서 내가 "우리 논은 우리가 지어먹고 고모네에게 빌린 돈은 갚자. 그리고 난 여기 시누네 집에서 절대로 더 이상 살고 싶지 않다. 차라리 남의 집을 얻어서 살겠다."고 그랬지. 그러자 너희 고모가 "네가 이년아, 시집 올 때 돈을 가져왔느냐?"며 무식하게 욕을 해대서 싸웠지. 그런 뒤 우리는 원동으로 방을 얻어서 나갔다.

원동에서 살면서 "논을 우리가 짓자"고 했더니 너희 아버지가 "안 된다"고 그러는 거야. "내가 기계 갖고 여기저기 다니며 일하다보면 농사를 짓지 못하니 그냥 누나네에게 지으라고 해야 한다"는 거였지. 그래서 결혼한 뒤 너희 고모네가 3년이나 우리 논을 짓고 살았던 거다. 그러다가는 대판 싸움을 하고는 절반씩 나눠지었지. 그때부터 내가 농사를 지었어. 나중에 그 네 마지기 논을 팔아서 자갈배미 논 세마 지기를 새로 샀지.

## 세례 받은 날, 쫓겨나다

너희 아버지 눈치 봐가며 교회를 계속 다니는데 한 일 년 다니다가는 학습문답, 세례문답을 한다고 하더라. 교회에서 나에게 "학습했느냐, 학습 안 받았 으면 받으라"고 했어. "난 학습은 받았다"고 하자, "그럼 세례를 받으라"고 하였지. 근데 세례문답을 저 녁에 한다고 그랬어. 너희 작은 누나를 낳아 기를 무렵이었다.

너희 작은 누나를 업고 교회에 갔는데 "세례문답 을 하러 저녁에 다시 오라"고 하더라. 그래서 "저녁 에는 애기 아버지가 못 가게 할 것인데요" 그랬지. "그래도 저녁에 와서 받아야 한다"고 그러더라. 다행 히 그날 때마침 너희 아버지가 무정면 우리 외가 작은 집에 볼 일이 있어 가셨다. 잘 됐다 싶었지. 너희 큰 누나를 옆집에 맡겨 놓고 너희 아버지 밥상 딱 차려서 덮어 놓고는 애기를 업고 예배당에 갔지.

**– 그날 세례문답도 전에 학습문답을 하셨던 인도아 목사님이 하신 거예요?**

그렇지. 그날 덕재교회에서 인도아 목사님을 두 번째 만났다.

**– 그때 몇 분이나 세례를 받으셨어요?**

이용복 집사와 나, 그리고 이석우 집사의 어머니 랑 세례를 받았다. 내 기억으로는 그런데 그날 세례 받은 사람이 더 있었는지는 정확히 잘 모르겠다. 그 무렵 약수교회는 막 생겨난 때라 예배당 건물도 없 이 남의 작은 방에서 예배를 드리고 있었다. 그래서 약수교회 교인 중에 세례 받을 사람은 덕재교회에 와서 함께 받았지. 이용복 집사의 경우 약수교회 교 인이었지만 세례를 받으러 북상 덕재교회까지 왔다.

이용복 집사가 예수 믿은 지 얼마 안 됐을 무렵이라 '꽃 믿음'25)이 나서 그랬는지 잘 알지도 못하는 찬송가를 부르자고 막 그랬던 기억이 난다.

**- 어머니가 세례 받을 때 인도아 목사가 어머니를 기억하시던가요?**

기억 못하시더라. 그날 인 목사님이 한국인 공 목사와 함께 오셨어. 덕재교회의 세례문답도 교회에서 안 하고 한 집사라는 분네 집에서 하였다. 방에서 세례문답을 하는데, 그 공 목사라는 분이 "학습은 언제 받았느냐"고 묻더라. 그래서 "열여섯 살 때 받았다"고 하니, "어디서 누구에게 받았느냐"고 또 물으셔서 "장사교회에서 인도아 목사님께 받았다"고 대답했다.

그 공 목사님이 인도아 목사님께 "(이 분이) 학습문답을 인 목사님께 받았다고 하네요"라고 말하자, 인 목사님이 안경을 고쳐 쓰시고는 "그러면 그때가

25) 기독교 초신자가 신앙생활에 매료되어 열심을 내는 상태.

몇 년도냐?"고 물으시더라. 그래서 "1960년도"라고 했지. 그랬더니 인 목사님이 "아, 60년도면 맞다. 기억난다"고 그러셨다. 그분이 미국 갔다가 돌아오신 해를 계산을 하더니 그런 말씀을 하셨지. 그러고는 안경을 고쳐 쓰시며 나를 더 새롭게 보셨다. 그 세례 받던 날 그 인도아 목사님이 설교하신 내용이 지금도 생생하다.

어떤 설교를 하였느냐면 "씨앗이 썩으면 다시 나지 않는다. 하지만 생명이 있는 씨앗은 그 어떤 바위도 뚫고 올라온다."는 거였어. 인 목사님이 어떤 책을 읽어보니 이런 내용이 있더란다. 한 포수가 산에 갔는데 큰 바위가 벌어져 있어서 보니 거기에 상수리나무가 가운데 끼여 있더래. 그래서 어찌된 일인지 자세히 보니 상수리 씨앗이 바위 밑으로 들어가 바위를 뚫고 올라와 마침내 바위가 벌어졌다는 거야. 그 이야기를 하시며 "생명이 있는 씨앗은 바위도 뚫고 올라온다"는 설교를 하셨다. 그 설교를 듣고 내가 마음에 깊이 새겼지. 내가 믿음이 흔들릴 때면 인 목사님의 그 설교가 항상 떠오르곤 하였다.

- 인도아 목사님이 어머니 신앙을 돈독히 하는데 중요한 역할을 해 주셨네요?

내 생각인데, 아마 그 분이 나를 위해 기도를 많이 해 주셨을 거 같다. 16살 때 학습문답을 할 때 "6.25 때 부모님이 다 돌아가셨다"고 내가 말했으니 그가 볼 때 내 처지가 너무 불쌍해 보였을 거다. 세례 받을 때는 내 나이 스물 두 살이었다. 그런데 너희 작은 누나를 업고 교회에 가서 인 목사님을 다시 만나 그분에게 세례를 받은 거다. 그러니 그는 내가 무척 가난하고 힘들게 살고 있음을 한눈에 알 수 있었을 거다. 그래서 더욱 반가워해 주셨던 거 같다. 나는 항상 그 목사님이 나를 위해 기도해 주시리라는 생각을 하고 살았다. 그분이 실제로 그렇게 기도해 주셨는지는 잘 모르지만 항상 그런 믿음이 있었다.

물론 그때 인도아 목사님의 설교는 나만을 위해서 하신 게 아니라 예배에 참석한 모든 사람을 위해 하신 거였다. 하지만 나는 꼭 나를 위해 해 주신 말씀으로 들렸다. "도토리가 바위 밑으로 굴러 들어가 싹이 나서 끝내 바위를 쪼개고 많은 열매를 맺어서 또 많은 도토리가 굴러다니는 그런 내용의 어떤 사람의 수기를 보았다"고 하셨다. 그러면서 "살아 있는 생명은 바위도 뚫고 나온다. 하지만 죽은 생명은 썩어지고 없어진다." 그런 말씀이셨는데, 그 설교가 구구절절 지금까지도 생생하게 남아 있다.

인 목사님은 그 설교에서 피라미드 이야기도 하셨다. 이집트 피라미드를 발굴해 보니 거기서 나온 몇 천 년 전의 여러 물품 중에 밀 씨도 있더란다. 그 밀 씨를 나는지 안 나는지 땅에 심어봤더니 몇 천 년 전의 밀 씨가 싹이 텄다는 이야기였다.26) 그러면

---

26) 영국 고고학자들이 고대 이집트 피라미드를 발굴하다가 미이라 곁에서 밀봉된 밀알을 발굴하였고, 그 씨앗을 심었더니 싹이 텄다는 이야기는 널리 알려져 있다. 가령 김형석 외 7명이 공저한 『우리는 무엇으로 행복해 지나』(프런티어, 2016)의 '행복에 관한 철학적 고찰'이란 글에서 김형석 교수도 그 이야기를 언급한다. 하지만 그는 아쉽게도 언제 그런 발굴과 실험이 이루어졌는지 언급하지 않는다. 한편 이한음 씨(과학 칼럼니스트)는 '오래된 씨앗의 부활'에서 실제 유사한 일이 벌어진 적 있음을 소개한다.
　가야문화재연구소가 2009년 경남 함안군 성산산성(사적 67호)의 연못 퇴적층을 발굴하다가 700년 전인 고려시대 연꽃 씨앗 열 개를 발굴했고 그걸 함안 박물관에서 물에 담갔더니 싹이 텄고 이듬해에는 꽃이 피었다. 2005년 이스라엘 연구진이 2천 년 전 대추야자의 씨앗을 싹 틔우는

서 "생명이 있는 존재는 썩지 않으면 생명이 다시 난다"는 말씀을 하셨다. 내가 너희 아버지랑 살면서 '예수 안 믿으면 얼마나 편할까,' 하는 생각도 많이 해 봤다. 그런데 그런 생각이 나면 인도아 목사님의 그 설교가 떠올라서 신앙을 포기하지 못했다.

**- 인도아 목사님이 어머니 신앙의 버팀목 역할을 해 주신 거네요?**

그렇지. 그 분은 예수님 다음으로 내 생명의 은인이라고 봐야 한다. 이상하게도 나는 학습문답과 세례문답을 모두 그 목사님께 받았다. 그리고 그분에게서 평생 잊지 못할 설교를 들었어. 한국인 목사에게 학습문답과 세례문답을 받을 수도 있었을 텐데 묘하게도 미국인 선교사였던 인 목사님에게 학습문답과 세

---

데 성공한 일도 있었다. 이 씨앗은 주후 73년경 것이며, 1963년 마사다 요새를 발굴하던 중 발견됐으나 무려 40년 동안이나 연구자의 실험실에 방치돼 있었다. 그러다가 뒤늦게 이스라엘 과학자들이 싹 틔우는 실험을 하여 성공을 거두었다. (이한음, '오래된 씨앗의 부활,' 2010. 07. 14, 「사이언스타임스」 http://t2m.kr/vFGid)

례문답을 받은 거야.

그 저녁에 인 목사님께 세례를 받고 그 사이 너희 아버지가 집에 왔을지 몰라 달음박질 쳐서 돌아왔지. 집에 오자마자 얼른 문 먼저 열어 놓고 옆집에 맡긴 네 큰 누나를 데리러 가려고 나서는데 너희 아버지가 들어오더라. 그래서 "이제 오시오?"라고 인사했지. 그러자 "이런 X 같은 X이 어디 갔다 왔느냐"고 그러면서 대번 나뭇짐에 가서 큰 막대기를 하나 빼더니 두드려 패려 달려들었어.

어찌나 놀랐던지 내가 막 달음박질 쳐서 도망쳤다. 그때는 미양이네가 동네 입구 쪽 가게 작은 방에서 살았는데 그 집을 지나 신작로까지 도망쳤다. 하지만 큰 길에 나와 보니 달이 훤해서 어디로 가든지 금방 잡히겠더라. 어디로 갈 데도 없고, 그대로 있다가는 잡히겠다 싶어서는 다시 돌아와 남균이네 외양간으로 가서 숨어 있었다. 그 집 외양간에서 애기 업고 그냥 서 있었어.

그때 현신이네 옛날 집이 동네 다리 부근에 있었거든. 그 집에 사랑방이 있어 남자들이 저녁이면 거기서 자주 놀았지. 그때만 해도 동네 일꾼들이 많았다. 동네에서 남의 집 머슴 사는 사람들도 많았고. 그들이 모여 놀곤 하였지. 근데 남균이 아버지가 거기에 가서 놀고 돌아오시는 소리가 나더라. 대문 닫으면서 "잘 들어가라, 잘 가시라"고 서로 인사를 하고 그러더라. 그래서 그냥 방으로 들어가실 줄 알고는 외양간 앞에 가만히 서 있었어.

근데 그 양반이 소 여물간에서 여물을 산데미('광주리'의 전라도 방언)에다 담아 외양간으로 들고 오더라. 캄캄한 밤 내가 외양간에 서 있는데, 그걸 외양간으로 들고 와서 내가 서 있는 걸 보면 '소도둑놈'인 줄 알고 얼마나 놀라시겠냐?

그래서 내가 '미리 나가 인사를 해야겠다' 생각하고는 나갔지. 그 양반이 저 만치 오시는데 "아이고, 아저씨 소여물 주시려구요?"라고 인사했지. 그러자 깜짝 놀라 뒤로 물장구를 하면서 "아이고, 누구요?" 그러시더라. "저요, 봉례 엄마요"라고 했지. "어쩐 일이요?" 하시기에 "우리 집 양반이 조금 기분이 안 좋아서 내가 여기로 와서 지금 있다"고 말씀드렸어. 그러자 남균 아버지는 "싸움했소?" 하고는 "내가 데려다주마" 그러셨다.

그 분이 우리 아버지와 동갑이야. 그래서 나를 딸 같이 생각을 하셨지. "내가 데려다 주마"고 하면서 "가자"고 막 그러시더라. 그래서 따라서 집으로 왔지. 너희 아버지가 방에 계셔서 그 양반이 방으로 들어가며 나한테도 같이 "들어가자"고 하셨어. 하지만 나는 너희 아버지가 무서워서 못 들어가고 서 있었지.

그래서 그 양반이 들어가서 무슨 이야기를 하시고는 "이제 들어가도 괜찮으니 들어가라" 하시고 가셨지. 그래도 도저히 무서워서 못 들어가겠더라. 곧 때려죽일까 무서워서. 안 들어가고 서 있다가는 가만히 문구멍으로 내다보니 너희 아버지가 누워서 웃고 있더라. 그래서 내가 가소롭게 알고 들어갔지.

그러고는 "세례 받고 가서 싸움 나서 아저씨가 화가 나서 소란을 피웠다"고 전도사님한테까지 다 알려졌지. 그때부터 김옥추 전도사님이 자주 우리 집에 오셔서 너희 아버지한테 열심히 전도를 하셨다. 김 전도사님이 애써 강권해도 너희 아버지는 미동도 안 했지. 그래서 가느실에 살던 영락양로원 원장(임영한 장로)을 보냈다. 그 양반이 와서 또 너희 아버지를 전도하여 너희 아버지 마음이 조금씩 열렸지.

그렇게 살다가 나중에 집을 지어서 나가려고 너희 아버지가 머나먼 관음봉까지 올라가서 집 지을 재목을 어렵싸리 구해왔는데 누군가 그걸 산림법 위반으로 신고하였어. 그 문제로 자주 관청에 불려 다니며 시달려야 하였지. 그 일 때문에 교인들이 얼마나 우릴 위해 기도를 하셨는지 몰라. 교인들의 기도에 너희 아버지가 큰 감화를 받았어. 꼼짝 없이 구속되거나 많은 벌금을 물어야할지 모를 위기였는데 그 기도 덕분인지 큰 탈 없이 넘어갔다.

그 당시는 겨울이면 교회에서도 산에서 나무를 해다가 불을 때고 그랬다. 교인들이 교회 나무를 하러 다녀도 나는 늘 애기 때문에 같이 하지 못했지. 그런데 너희 아버지가 교회도 안 나가면서 나무를 한 짐 해다가 교회에 갖다 주곤 했다. 그러면 어찌나 마음이 흐뭇하고 좋던지. 그래서 그때 내 속으로 '복 받겠다,' '봉례 아버지는 복 받겠다' 그 생각을 했지. 너희 아버지가 교회 장로님이 되리라고는 꿈에도 상상 못했던 시절이었다.

그러다가 나중에 너희 아버지가 한 번씩 교회를

나가고 그러셨지. 그러면서도 주일이면 꼭 "일을 하자"고 하더라. "모를 심자, 보리 베자" 하며 주일날 "일하자"고 했어. 또 주일날 너희 아버지가 교회에 가시려고 하면 하필 꼭 누가 데리러오곤 했다. 그래서 주일에 자꾸 무슨 일이 생겨서 너희 아버지가 교회를 자주 못 나가셨지. 하지만 너희 큰 누나가 아플 때부터는 너희 아버지가 신앙생활하기로 작정하고 부지런히 교회에 나가기 시작했다. 그러니 너희 아버지가 본격적으로 신앙생활을 한 시점은 너희 큰 누나가 아팠을 때부터야. 그 뒤로는 너희 아버지와 내가 함께 교회를 다녔지.

## 또 한 차례의 풍파

아참, 너희 큰누나 아프기 전에 한 차례 또 풍파가 났었다. 집 지어서 이사 가서 살 때인데 너희 아버지는 교회는 열심히 안 다녔지만 안 믿는 식으로는 안 했어. 집 짓고 상량을 올릴 때에도 "예배드리자"고 하더라. 그래서 김옥추 목사님이 와서 예배인도를 하시면서 "여호와께서 집을 세우지 아니하시면 세우는 자의 수고가 헛되도다"(시 127:1)는 말씀을 본문으로 설교하셨지. 그 이후로는 너희 아버지가 전도사님이 오시면 같이 식사도 하고 전도사님을 챙기려고 그러더라. 그러면서도 교회는 나가는 둥 마는 둥 했어.

그 즈음 교회서 소풍을 갔다. 소풍을 가는데 내가 교회를 본격적으로 다니면서부터는 화룡 양반도 열렬히 다녔고 그분이 집사가 되셨지. 원동에 교인이 한 20명은 되었다. 처음에 내가 그 동네에 들어가 살 때는 교인이 한 명도 없었는데 그렇게 늘어났어. 명자네 식구, 용남이네 식구, 석주네 식구, 석주네 큰 집, 작은 어머니네 까지 모두 다녔어. 우리 동네 교인들만으로 한 구역(교회에서 교인들을 작은 모둠별로 나누어 조직하는 것)이 되었지. 그렇게 동네에 교인이 많이 생겨서 "교회 소풍갈 때 우리 구역에서 떡을 해 갖고 가서 나눠먹자"고 그랬지.

동네 교인들이 화룡 양반 집에 모여 저녁 내내 달떡을 했다. 그 달떡을 너희 아버지한테도 조금 주려고 갖고 집으로 왔지. 근데 너희 아버지가 괜히 뿔

따구가 났더라. 왜 그런지는 몰라. 너희 아버지는 애기가 울어서 그런다고 핑계를 대는데 경란이네가 우리 옆방에 살아서 물어보니 애기도 안 울었대. 근데 내가 집에 갔더니 대뜸 '나가라'며 세례 받고 왔을 때처럼 또 소리치고 불같이 화를 냈다. 그래서 내가 도망쳤지. 때려죽이려고 해서. 도망쳤더니만 애기를 진계 댁(미자 할머니)이 갖다 주더라. 미자네 식구들이 다 교회 다녔거든. 미자 할머니가 애기(병춘)를 뺏어다 주더라고.

그래서 너희 큰형을 업고 용남 양반네 가서 용남이 어머니와 함께 자고 아침에 밥하려고 집에 갔지. 갔더니만 너희 아버지 신이 딱 있는데 그 신발을 보니 꼭 사자를 본 것처럼 무서웠어. 방문을 열면 나를 꼭 죽일 것 같았어. 그래서 방문을 안 열고 돌아서서 내가 나왔지. 집을 나와 애기를 업고 너희 큰누나 손을 잡고 내가 장사리로 갔다. 걸어가는데 어떤 사람이 막 달음박질해서 오더라. 나는 너희 아버지가 날 잡으러 오는 줄 알고는 화룡 앞으로 가로질러 용두리 너희 막내 고모네로 갔지. 고모네 집에 있자 고모가 "어쩐 일이냐?"고 자꾸 묻더라. 안 갈쳐

주고 있었지. 그러다가 장사리로 나왔더니 장사리 교인들이 다 나오더라. 장사교회, 약수교회, 신촌교회, 덕재교회 등 네 교회가 한데 모여 소풍예배를 드리기로 했었거든.

우리 고모도 장사교회 교인들과 함께 걸어오다가 나를 만났어. 그래서 "어쩐 일이냐?"고 물어 "집 열쇠만 달라"고 해서 고모 집에 있었다. 고모도 내가 교회 가야할 시간에 갑자기 찾아온 걸 보고 어느 정도 눈치 챘지. 당시 네 교회 연합 소풍예배는 화룡 앞 솔 강변에 모여 하였다. 고모는 거기 가서 미자 할머니를 비롯해 우리 동네 교인들을 만나 무슨 일이 벌어졌는지 자세히 듣고 돌아왔지. 딱히 별 일도 없었는데 너희 아버지가 교회 소풍 때 먹을 달떡을 잘 준비하고 돌아온 나를 내쫓았다는 사실을 알 게 된 거야.

고모는 "그런 못된 사람이 어디 있냐? 당장 내일 원동에 가서 담판을 짓자"고 하더라. 그러면서 "그 주제에 예수나 믿으면 마누라랑 살까, 예수 안 믿으면 마누라도 없이 홀아비로 살 거다." 그런 말도 하더라. 이튿날 너희 큰누나는 장사리에 놔두고 애기만 업고 고모와 원동에 갔지. 고모 아들들인 찬규, 방규가 있었기에 봉례는 장사리에 놔두고 마음을 단단히 먹고 원동에 간 거야. 갔더니 너희 아버지가 윗집 용남이네 담 쌓는 데서 일하고 있더라. 우리 집 문은 사람이 드나들지 못하게 판자조각을 대서 못질까지 해 놓고는 그러고 있었어.

고모가 "이리 좀 오소"라고 마당에서 너희 아버지를 부르자 왔지. 못질한 판자를 뜯고 방에 함께 들어갔어. 그러자 동네 사람들이 재밌는 구경거리나 생긴 듯 을평댁네, 쌍둥이네 담 너머로 줄줄이 서서 굿을 보더라. 어찌나 창피하던지, 그런 세상을 살았다. 하지만 우리가 방에 문 닫고 들어가 안 나오자 '별 볼 일 없다'고 생각했던지 다들 흩어졌지.

너희 고모가 "대체 무슨 생각으로 방문까지 드나들지 못하게 못질해 두었는가? 나, 무슨 일이 벌어졌는지 동네 사람들한테서 다 들었네." 그렇게 말하셨지. 그러자 너희 아버지 한다는 소리가 "꽃이 한 번 화장실 변기에 떨어지면 다시 향기가 안 나는 법"이라고 하더라. 내가 집을 나갔으니 안 받아들이겠다는 소리였지. 그게 말이 되냐? 내가 교회에 가서 향기가 떨어진다고 그런 소릴 하는 건지, 어이가 없었다.

그런 말도 안 되는 소릴 하자, 우리 고모가 "알겠다"며, "그럼 애기 맡겨 놓고 갈 테니 잘 키우소!" 하고는 병춘이를 놔두고 "가자"고 나를 잡아끌더라. 근데 내가 차마 애기를 떼 놓고 갈 마음은 없었어. 그래서 울고만 있었지. 그러자 너희 아버지 친척인 야문이 엄마가 왔더라. 그분은 너희 아버지 편을 들더라. "어찌 그러느냐?"면서 "우리 아재 같이 좋은 분이 어디 있겠소. 어지간하면 그냥 살지 그러냐?"고 하였지. 그분은 나 바느질 잘하고 얌전하다고 온 동네 다니며 칭찬은 많이 하면서도 내가 교회 다니는 건 싫어하더라. 그래서 너희 아버지 편을 들더라고.

그러자 너희 고모가 얼른 가게 옷을 챙기라고 재촉을 하였지. 마지못해 옷은 챙기면서도 애기는 못 놔두겠더라. 내가 옷을 챙기자 야문이 엄마가 "이 사람아, 어딜 가려고 옷을 챙기나!" 그러면서 막 말리더라. 그러는 사이 너희 아버지가 수그러져서 내가 옷 보따리를 들고 나가려하자 빼앗는 거야. "잘못했다"는 소리는 옷 보따리만 빼앗았지. 그래서 내가 그

때 단단히 다짐을 받아두고자 "나 그냥 나가려 하지
않는다. 이번에 나가면 다시는 안 들어오려고 작정한
사람이다. 그러니 빼앗지 말라. 내가 그동안 몇 년을
참고 또 참았는데 이제는 결판을 내야겠다. 나는 예
수 안 믿고는 못산다. 예수 안 믿을 거면 날 잡으려
마라"고 했지.

그랬더니 야문이 엄마가 "아따, 호강에 겨워 저런
소릴 다 하네. 아제, 내버려 두시오. 어디 가서 아제
같이 좋은 사람 다시 만날 수 있겠소? 앞으로 얼마
나 잘 사는가 봅시다." 그러는 거야. 너희 아버지는
그 말을 듣고는 옷 보따리를 뺏다가 우두거니 서 있
었지. 그래서 내가 옷 보따리를 들고 가려고 나섰지.
그제야 '진짜 가려나 보다' 생각했던지 너희 아버지
가 나를 가로막으면서 끌고 다시 들어갔다. 그러면서
"한 번만 생각을 달리 먹으라."고 하더라.

그래서 "달리 생각할 거 없다"며, "앞으로 나와 살
려면 당신도 교회를 다녀야 하고 그렇지 않고 나 교
회 다니는 거 계속 막고 그러면 동네에 더 우셋거리
가 되니, 나 우세 한 번 당하였으면 됐지 두 번 다
시 당하지 않겠다. 여기서 다짐을 하라"고 했지. 그

러자 너희 아버지가 우리 고모 앞에서 무릎 꿇고 "앞으로 교회 같이 다니고 이런 일이 없도록 하겠다."며 빌었단다. 그래서 우리 고모만 보내고 나를 못 가게 해서 집에 남았지.

그 뒤부터 교회를 함께 다니는데 나도 남 부끄러워 죽겠더라. "저 년은 서방 이겨 먹고 교회 끌고 간 년"이라고 남들이 욕하겠다는 생각이 들었지. 그래서 교회 갈 일이 정말 죽을 일만 같더라. 너희 아버지는 다른 볼 일 있어 가는 것처럼 먼저 보내고 나는 뒤에 따로 가면서 성경책 보따리를 들고 가고 늘 그러면서 다녔다. 근데 나중에 너희 아버지가 성령을 받고 나서는 부끄러운 줄도 모르고 날마다 사람들에게 "예수 믿으라."고 전도를 하였지. 하도 그러니까 오죽해야 을평댁이 "우리 집 오면 전도할까 무서워서 못 오겠다"는 말을 하더라. 박형구 목사님이 우리 집 심방 오셔서 기도해 주셨는데 그때 성령을 받았단다. 손을 짚고 기도해 주시는데 마치 벼락을 맞은 거처럼 떨면서 마구 눈물을 쏟더라.

## 나와 성경

- 어머님 어렸을 때 천주교 영세를 준비하며 소년문답 암송을 다 하셨다고 했지요? 그럼 자신의 성경을 처음 갖게 되신 건 언제예요?

결혼 전에는 성경책도 없이 교회를 다녔다. 그때는 성경책 살 돈도 없고 사달라고 해봐야 어른들이 교회도 못 가게 해서 숨어서 다니던 시절이었으니까. 그 시절에는 그냥 교회에 가서 말씀 듣고 찬송 부르고 기도만 해도 은혜가 되었어. 『소년문답』을 암송하느라 새떼에게서 농작물을 지키러 들에 나갈 때도 책자를 갖고 가서 부지런히 외었어. 그래서 문답식으로 되어 있는 그 내용을 다 외웠고 그러면서 저절로 성경을 많이 알게 됐지.

그런데 부모가 없다고 영세를 안 주니까 더 이상 성당을 안 나갔더니 교회를 가라고 하더라. 작은 집 할아버지(송흥진)도 전도사님 하다가 지금은 장로님이시라면서 "교회로 가라"고 그러셨어. 그래서 장사교회를 다녔지. 그 교회에는 집사 직분 가진 분이 내 친구 아버지 밖에 없었어. 내 친구 아버지도 내 작은 집 할아버지 전도를 받아 최초의 집사가 되셨지. 그 최 집사가 자기 조카들과 교회를 다녔는데, 조카들도 믿음이 별로 없어 일이 바쁠 때는 교회를 자주 빠지곤 하였다.

그 교회를 다니면서 내가 열여섯 살 때 학습을 받았어. 나는 열네 살 때 이미 『소년문답』을 뗀 상태라 교회의 『학습문답』은 그거에 비하면 아무 것도 아녔어. 그렇게 학습을 받고 교회를 다녔더니 우리 할머니가 못 나가게 하더라. 교회에 총각들이 많이 있었는데 "그 얘들과 연애하면 안 된다"며 "가지 말라"고 했어. 그즈음 내 친구가 다른 데로 시집을 가면서 갖고 있던 자신의 성경책을 나한테 주더라. 그 성경책을 내가 시집 올 때 갖고 왔지. 그런데 내게 성경을 준 친구가 내가 시집 간 뒤 교회를 안 다니는 걸 알고는 그 성경책을  내게 달라고 해서 다시 찾아갔어.

내가 열일곱 살에 시집을 왔는데 열아홉 살 되었을 때 그 친구가 성경을 가져갔어. 아마 약 1년가량 내가 그 친구의 성경을 갖고 있었던 것 같다. 그 기간 동안 집에서 성경을 읽곤 했어. 근데 내가 성경을 보고 있으면 너희 아버지가 역정을 내곤 하더라. "또 쓸데없는 거 보고 있다"며 막 뭐라고 했어. 그러면서 너희 아버지와 내가 많이 다르다는 걸 알았지. 사상이 다르듯, 신앙적으로 너무 달랐어. 너희 아버지는 발동기로 보리타작을 하러 다니곤 했으니 나는 밤낮으로 성경책을 보는 거로 취미를 삼았던 시기였어. 나는 성경을 보면 볼수록 그 진 맛을 알겠고 그랬는데 너희 아버지가 성경을 못 읽게 막더라.

**- 그런 경험이 있어서 김옥추 전도사가 자전거에 성경을 끼우고 왔을 때 무척 반가웠던 거였네요?**

그렇지. 친구가 자신의 성경을 찾아간 뒤에는 성경 없이 살았지. 그렇게 살다가 고모네 집에서 원골로 이사를 온 뒤에는 큰 방 주인이 교회를 다니는 줄 몰랐어. 다닌다는 말을 안 했거든. 우성이네 작은 방에서 사는데 아무도 없을 때면 나 혼자 자꾸 찬송

을 부르곤 했어. 그때부터 내가 항상 즐겨 부르던
찬송이 '나의 갈 길 다가도록'이었다. 그리고 '세상의
친구들은 나를 버려도' 찬송도 자주 불렀어.

"세상의 친구들은 나를 버려도
　나를 사랑하는 이는 오직 예술세
　예수 내 친구 날 버리지 않네
　이 천지는 변해도 날 버리지 않네."

　이 찬송을 내가 결혼할 때도 불렀어. 너희 아버지
랑 결혼할 때, 막 노래를 부르라고 하더라. 근데 내
가 유행가를 전혀 모르고 살아서 그 찬송을 불렀지.
그 찬송을 듣더니 내 친구 오빠가 "오늘 밤에는 예
수 대신 신랑으로만 바꾸면 된다."고 했지.

- 유행가도 모르고 사셨어요?

　몰라. 교회 다니면서부터는 유행가를 배우면 죄짓
는 것처럼 생각해서 아예 안 배웠어. 너희 큰누나가
애기였을 때 키우면서 그 찬송을 부르곤 했는데, 옆

집 아저씨 화룡 양반이 자기 부인(우성이 엄마)에게 "저 새댁이 교회 다녔는가 보다"라고 말했다 하더라. 그 부인이 내게 "교회 다니느냐?"고 묻기에 "아니"라 했더니, 자신의 남편이 내 찬송 부르는 소릴 듣고는 "교회 다녔는가 보다"고 해서 물어본 거라고 하더라. 그래서 "그럼 내가 부른 노래가 찬송인 거는 어떻게 알았느냐?"고 물어봤지. "총각 때 교회를 다녔다고 합디다."라고 우성 엄마가 그러더라.

그 말을 듣고 내가 "그럼 왜 지금은 안 다니느냐?"며 "내가 처녀 시절에 교회를 다니다가 지금은 못 다닌다."는 이야기를 다 해줬어. 그랬더니 화룡 양반이 신약전서를 한 권 주더라. 그래서 그 성경을 내가 다 닳도록 보면서 교회를 다녔지. 그때는 신구약 합본 성경을 가진 사람은 믿음이 좋은 사람이라야 가지고 다녔어.

내가 교회에 다시 나갔을 때도 한동안은 찬송가도 없이 신약전서만 갖고서 다녔어. 내가 최초로 내 성경을 갖게 된 건 너희 아버지가 신촌교회 부흥집회에 갔다 오신 뒤, 광주에서 기독청년들 무슨 교육이 있어 갔다가 내 성경책을 사 오셨더라. 그 성경을 너희 아버지에게 선물 받아서 내가 없애지 않고 오랫동안 간직하며 읽었다.

**- 성경 말씀 중에서 제일 마음에 와 닿은 대목은 어디인가요?**

고린도전서 13장 '사랑 장'이야.

　"내가 사람의 방언과 천사의 말을 할지라도 사랑이 없으면 소리 나는 구리와 울리는 꽹과리가 되고 내가 예언하는 능력이 있어 모든 비밀과 모든 지식을 알고 또 산을 옮길 만한 모든 믿음이 있을지라도 사랑이 없으면 내가 아무 것도 아니요 내가 내게 있는 모든 것으로 구제하고 또 내 몸을 불사르게 내줄지라도 사랑이 없으면 내게 아무 유익이 없느니라 사랑은 오래 참고 사랑은 온유하며 시기하지 아니하며 사랑은 자랑하지 아니하며 교만하지 아니하며 무례히 행하지 아니하며 자기의 유익을 구하지 아니하며 성내지 아니하며 악한 것을 생각하지 아니하며…"


　나는 이 말씀을 암송하면서 늘 마음에 두고 살았다. 화가 나면 "성내지 아니하며…" 그 생각을 하고, "무례히 행하지 아니하며" 내가 무례히 행하면 저 사람 마음이 상하고 나와 사이가 벌어지지 않겠는가. 늘 그런 거 생각했지. 성구 중에 암송할 줄 아는 다른 구절들도 있지만 특히 고린도전서 13장을 늘 마음에 두고 살았다. 약수교회에서 펴낸 〈먼동이 틀 때〉라는 문집에도 내가 고린도전서 13장에 대한 기도를 썼어.


- **어머님은 자녀들을 성경 말씀으로 양육하려고 애 쓰셨어요. 우리 어릴 적에 성경 이야기를 많이 들려주시곤 했지요. 그렇게 하신 무슨 '특별한 이유' 가 있나요?**


　특별한 이유가 있지. 우리 할아버지(송종익)가 젊었을 때 여기 담양 작은 집 할아버지(송흥진)와 같이 예수를 믿었어. 장사리와 대방 사이에, 그때는 왜 그

랬는지는 잘 모르지만 '강 건네'라 불렀는데 그 중간
에 예배당을 지었단다.27) 젊었을 때 그곳에 예배당
을 짓고 열심히 다녔다고 하더라. 그 당시는 동네
사람 대부분이 그 예배당을 다녔다고 들었다. 그분들
은 아마 선교사들이 전도했을 거다.

   그 당시 남자들은 상투를 틀고 살았고, 여자들은
머리카락을 쪽을 안 짓고 얹어서 묶고 다녔다. 근데
우리 할머니 말씀에 따르면 미국 선교사, "전도부인
이 모두 비녀로 쪽을 지어 줬다"고 하더라. "예수 믿
는 사람은 그렇게 해야 한다"면서. 그래서 우리 할머
니랑 그렇게 비녀로 쪽을 지은 여자들은 부끄러워서
수건을 쓰고 다녔다는 얘기를 하시더라. 그런데 나중

----

27) 1928년 간행된 한국 장로교 역사서인 『朝鮮예수敎長老會
   史記 上』 169쪽에 따르면 대악리(장사리) 교회는 마을 사
   람 김장화, 신지삼, 문학삼, 문태완, 임화일, 최경중 등이
   1906년 세웠고 열심히 연보하여 예배당도 신축하였다. 이
   후 선교사 배유지(Eugene Bell), 타마자(J. W. N.
   Talmage), 도대선(S. K. Dodson)과 조사 변창연, 이영
   희, 김정선, 김명안, 오사순, 이중화 등이 계속 시무하였다
   고 나온다. 또 이 교회는 매서인 박문택의 아들이자 광주
   숭일학교 출신 박병호 전도사가 1937년 시무하였다. 하지
   만 해방 전에 사라진 것으로 보이며, 한국전쟁 직후 장성
   백개리에 살던 차상기 전도사가 와서 동네 사람 사랑방을
   빌려 교회를 다시 시작하였다.

에는 안 믿는 사람들도 "쪽을 해서 비녀로 꼽으니
간단해서 좋다"면서 모두 그렇게 따라서 하더란다.
우리 할머니한테 들은 얘기야.

　그때만 해도 우리 할머니랑 모두 예수를 믿었는
데, 할아버지가 하도 자꾸 이사를 다니셔서 나중에는
안 믿는 지역으로 이사를 가서 신앙생활을 안 하게
됐다고 하더라. 할머니가 귀가 닳도록 얘기를 했어.
"우린 예수를 믿다가 안 믿어서 벌을 받은 거 같다"
고. 우리 할머니는 글을 모르셨지만 젊은 시절 장사
리 강건네 예배당을 다니셔서 '주의 친절한 팔에 안
기세'라는 찬송도 다 알고 그러셨다.

# 5. 아이들을 키우면서

## '무거운 짐'을 떠맡다

– 어머니 고모가 일찍 돌아가셔서 그 조카들을 한동
  안 맡아 키우느라 고생하셨지요?

  고모가 전북 고창에서 살던 자신의 남편과 "마지
막 담판을 짓고 오겠다"며 우리 어머니랑 같이 갔다
온 뒤에 오히려 애기가 생겨 전쟁 중에 일훈이를 낳
았다. 그래서 고모가 선님이와 일훈이, 그리고 나와
내 동생까지 키우고 살았지. 군인들이 우리 동네에
불을 질러 잿더미가 된 뒤, 빈터에다 다시 집을 짓
고서 살고 있었다. 당시 우리 고모는 서른 살도 안
된 젊은 나이에 남편과 별거하며 친정에 와서 살았
어. 전쟁 터진 뒤 일훈이 아버지는 수년 동안이나
찾아오지도 않았고 소식도 끊겼다.
  우리가 장성 하오치에 살 때 우리 고모가 사람을
부안에 보내 남편의 생사를 확인하게 하였다. 살아

있으면 "아들을 낳아 잘 키우고 있다"는 소식을 전하게 하였지. 그 사람이 다녀오더니 "살아 있다"고 소식을 전해 주더라. 고모 남편이 "애들 옷을 해 입히라"고 보낸 '명주베'(누에꼬치에서 뽑은 실로 짠 베)도 가져왔다. 그때가 봄이었다. 한참 뒤 가을에 고모와 내가 무를 다듬고 있을 때 고숙이 불쑥 찾아왔더라. 잘 생기고 점잖하게 보이는 사람이었어. 그 고숙이 물어물어 찾아와 고모를 만나 하룻밤 자고 갔다.

그 후로는 전쟁 끝나고 다시 대방에 들어가 사는데 소식이 전혀 없었어. 그때는 난리 직후라 남자들이 귀했다. 우리 동네에도 과부들이 많았어. 그래서 "남자 한 사람에 여자가 아홉 반"이란 말이 있을 정도였다. 자신의 부인이 있는 사람이어도 아무 과부라도 여럿을 얻어서 사는 사람들이 적지 않았지. 무법천지나 다름없었어.

그러니 우리 고모가 혼자 살고 있으니 석규 아버지가 우리 집 살림을 욕심냈나 봐. 논과 땅이 있으니 그걸 가로채려고 걸핏하면 찾아와 우리 고모를 갖은 말로 꽤서 같이 살게 되었지. 우리 집에 논밭이 있었지만 머슴 쇠경을 주고 나면 남는 게 거의 없었어. 그런 줄을 아는 방규 아버지가 자신이 "논밭 다 쟁기질 해주고, 소도 있으니 키워서 잘 살 수 있다"는 따위의 말들로 고모를 꼬드겼던 거다. 고모는 고창 사는 남편에겐 소식이 끊긴지 오래이자 끝내 넘어갔고 말았지. 그래서 고모가 일훈이 네 살 무렵에 방규 아버지와 만나 같이 살았다.

당시 방규 아버지는 영도라는 아이가 있었어. 그 아이가 일훈이와 동갑일 거다. 영도가 자신의 아버지를 '아버지'라고 부르자, 일훈이도 영도랑 같이 놀다가 '아버지'라고 불렀지. 그러자 고모가 일훈이를 따로 불러 "네 아버지 아니다. 네 아버지는 따로 있다"고 알려 줬지. 그 뒤로 일훈이는 절대 '아버지'라고 부르지 않았지. 방규 아버지가 와서 있으면 놀러 나가서는 같이 있으려 하지도 않았어. 그렇게 일훈이가 커서 일곱 살이 되었을 무렵에야 자식을 찾고 싶었던지 고창 살던 일훈이 아버지가 찾아왔다.


- 살아 있었어요? 왜 그 기나긴 세월 동안 연락을

## 끊고 지내다가 뒤늦게 찾아온 거예요?

나름 이유가 있었지. 우리 고모 말에 따르면 고숙이 우리 고모에게 "애들을 데리고 고창으로 오라"하였지만, "할머니와 너희(경자, 선자)가 눈에 밟혀 차마 못 갔다"고 하더라. 하지만 우리 엄마는 집을 나갔고 집에 논밭 같은 재산도 있어서 안 가고 있었는지도 모르겠어. 고모가 돌아오지 않자, 고숙은 "나는 당신이 안 오면 다른 여자를 데려와 살아야 한다. 제사도 모시고 크나큰 집 살림을 하려면 부인이 없이는 못 산다"고 했단다. 그러자 고모가 "그러면 부인을 얻어서라도 살아라"고 했다더라. 그 말을 듣고 고숙은 실제로 다른 여자를 얻어서 살고 있었어.

근데 고숙이 새로 만나 살림을 차린 여자가 애기를 못 낳았다. 그 고숙은 오형제 중에 셋째 아들이었다. 근데 형제들 중에 셋째가 가장 똑똑하였던지 어머니를 모시고 살았나 보더라. 그러니 우리 고모가 고창에 살 때 시부모를 모시고 살았던 것이지. 근데 고숙이 잘 생기고 집도 부자였지만 타고난 팔자가 안 좋았던지 그는 첫 결혼에 실패한 사람이었어. 얼굴도 안 보고 중매로 결혼을 한 뒤에 신부를 보니 백치더란다. 그래서 첫날밤을 뜬눈으로 날을 지새우고 이튿날 장인에게 "왜 저런 딸을 나한테 맡겼느냐"고 따졌지. 이에 장인이 한다는 말이 "야 이놈아 그런 소리 마라. 내가 너 같은 놈 사위를 삼으려고 삼 년이나 찾아 헤맸다."고 하면서 "너 같은 놈을 사위로 삼아야 내 딸 송장이라도 잘 치워 줄 거 아니냐?"고 말하더란다. 그러니 큰 바람은 없고 '나중에 부인이 죽으면 송장이나 치워 달라'는 그런 이야기였어. 옛날에는 딸들을 그런 식으로 여의었나 보더라.

그래서 결혼을 한 뒤에 곧바로 또 다시 결혼을 했지만 둘째 부인도 복이 없어서인지 아들 하나, 딸 하나 낳아 놓고는 병들어 죽고 말았어. 그런 뒤에서야 우리 고모를 만났지. 그 집은 머슴을 다섯이나 둘 정도 큰 부자였다. 근데 고모가 그 집에 시집가서 시부모를 잘 모시고 사니까 동서들이 그 꼴을 못 봤어. 그때만도 우리 고모가 멋쟁이였는데, "저런 사람이 나중에 어찌 될지 알아서 집안 곳간 열쇠 다 맡기고 그러냐?"고 동서들이 시어머니를 자꾸 들쑤시더래.

시어머니가 처음에는 잘 대해 주시더니만, 자꾸 그런 말을 듣고 마음이 변했던지 고모를 엄청 구박하였단다. 평소 애기(선님) 한 번도 안아 주지도 않았고, 애가 울면 "너도 사람이라고 우냐? 서손은 사람 축에 들지 않느니라."는 말까지 하며 사람을 대놓고 차별을 하더란다. 우리 고모가 시어머니의 이 같은 말에 가슴에 철 못이 박혔지. 그래서 친정아버지가 아프시자 친정에 와서는 그대로 눌러 앉아 살았던 거 같아.

고숙이 일훈이 일곱 살 때 애들을 데리러 왔을 때는 다른 여자를 만나 살고 있었다. 그 여자는 애를 낳지 못하였고 둘째 부인이 낳은 아들과 딸을 키우고 있었지. 그 아들이 그새 커서 전주의 어느 중학교에 다닐 무렵이었다. 당시에는 형제간이 많은 것을 다들 좋게 여겼다. 중학교에 입학한 아들이 어느 날 "남들이 '너는 형제간이 몇이냐'고 물으면 낯이 뜨거워 말을 못하겠다."고 아버지에게 불만을 토로하였단다. 그러니까 이 영감이 마음이 변하였나 보더라. 그제야 "실은 네 동생이 장성 대방에 하나 있는데 내가 찾아가봐야겠다."는 말을 했단다. 그러니까 그 아들이 "어서 가보시라"고 재촉을 하더란다.

그래서 와서 보니 그 사이 선님이는 열한 살, 일
훈이는 일곱 살 먹은 나이였고 고모는 이미 다른 남
자, 곧 석규 아버지를 만나서 석규를 낳은 상태였지.
그때 석규가 두 살쯤 되었을 거다. 고숙은 '선님이와
일훈이를 조만간 데려다가 학교에도 보내고 잘 키워
야겠다'고 속으로 마음먹었나 보더라.

오랜 만에 일훈이 아버지가 찾아오자 고모는 일훈
이에게 "일훈아, 네 아버지다"라고 하였지. 그러자
일훈이가 아버지를 쳐다보더니 그동안 쌓였던 감정
에 갑자기 북받쳤는지 땅바닥을 데굴데굴 뒹굴면서
펑펑 울더라. 당시에 우리 집은 길가에서 술을 팔던
시절이다. 동네 모심고 그럴 때 막걸리 같은 술을
찾는 일이 많았는데 동네 점방(작은 가게)을 운영하
면서 술을 팔았던 거야.[28] 그 신작로 가에서 일훈이
가 제 아버지를 만났는데 거기서 뒹굴면서 막 울었
어. 아무리 달래도 소용없었지. 일훈이가 그렇게 한
참을 울었는데 고숙이 겨우 달래고 가려면서 딸과

---

28) 이 가게 뒤쪽 밭이 옛날 대악리 교회 '예배당 터'였다.

아들에게 돈을 좀 주고 갔다.

그런 뒤에 집에 가서 중학생 아들에게 말하자 그 아들이 "그러면 그 아들을 데려 옵시다." 하였나 보더라. 얼마 후에 느닷없이 "선님이와 일훈이를 데리러 왔다"면서 또 찾아왔지. 그러자 고모가 "안 된다"며 "애기 생긴 줄도 잘 모르고 생긴 아들을 여태 내가 혼자 고생하며 키웠는데 그 아들을 어떻게 주느냐, 안 주겠다"고 버텼지. 그러자 고숙이 "그러면 소송을 해서 법정에서 가리겠다."고 하였다.

그제야 고모가 곰곰이 생각해 보니 자신이 선님이와 일훈이를 가르칠 능력도 없을 거 같고, 고숙에게 보내야 잘 가르칠 거 같다는 판단을 하였다. 그래서 보내기로 작정했어. 하지만 "데려 가더라도 며칠 말미를 달라, 그래야 내가 입고 갈 옷도 마련할 수 있다"고 하였지. 그리고 약속한 날짜까지 없는 형편에 고모가 장에 가서 선님이와 일훈에게 멋진 양복을 사서 입히고 갈아입을 옷들도 두어 벌씩 사서 준비해 두니 다시 데리러 왔더라.

그때는 고숙이 안 오고 중학생 아들을 보냈어. 그 애도 잘생겼더라. 와서는 "우리 동생들 데려가면 우리 기와집에 구경꾼이 가득하겠다! 동생들 데려가서 잔치를 벌여야겠다!"며, 무척 좋아하더라. 그렇게 선님이와 일훈이는 아버지를 따라 가서 살았다. 고숙이 그 애들을 잘 키웠고 선님이는 초등학교까지, 일훈이는 고등학교까지 보냈다고 하더라. 나 권사 임직식 때 선님이와 일훈이가 참석하였다. 지금은 미국에 건너갔는데 수년째 소식이 끊겼단다. 잘 살고 있는지 모르겠다. 내가 그 애들 위해 새벽마다 기도는 한다.

- 어머니 고모의 또 다른 아들들(석규, 방규, 찬규)은 언제부터 키우신 건지 그 이야기를 좀 들려주세요.

고모는 바람둥이인 남편을 만나 석규, 방규, 찬규를 낳았다. 그 남편은 마누라를 여럿 얻어 살다가 말년에는 아무런 의지할 데도 없어 걸인처럼 살다가 죽었단다. 한 번에는 어떤 여자를 만나 살면서 재산을 다 빼앗기고는 빈털터리 신

세가 되어 다시 고모에게 와서 "같이 살자"고
애원하였다. 하지만 고모는 "절대 같이 안 살겠
다. 앞으로는 혼자 살겠다."고 버텼지. 한데도
종종 고모를 찾아와서 때리고 힘들게 하여 다툴
때가 많았다. 그러면서도 어떻게 애가 생겨서
방규, 찬규를 낳더라.

  찬규 낳을 무렵에는 찬규 아버지가 말하길 "내가
와서 농사일을 도와주려고 해도 거리가 떨어져 있어
하기 어려우니 집을 팔아 장사리로 오라"고 하였다.
그래서 고모가 집을 팔아서 장사리로 이사를 갔지.
그때부터 찬규 아버지는 집에 들어와 자신이 집안
어른 노릇을 다 하려 들었어. '안 되겠다' 싶었던지
고모가 "어머님(오영웅)만 돌아가시면 이 바닥을 떠
야겠다"는 말을 입버릇처럼 하더라.

  그러더니 할머니 돌아가신 뒤 실제로 애들을 데리
고 청주 고아원에 가셨지. 그곳에 가면 애들을 중학
교까지 다 교육시켜 준다고 해서 갔지. 큰 아들 석
규는 용문산 기도원에 놓아두고 방규와 찬규를 데리
고 청주의 어느 고아원에 들어가 일 년 동안 식모살
이를 한 거야. 나중에 보니 "부모 중 한 명이라도

살아 있는 아이들은 학비가 나오지 않아 중학교 진학을 시킬 수 없다”고 하더란다. 그래서 식모살이를 그만두고 아들들을 데리고 다시 내려왔다.

그 뒤 고모는 애들을 아버지에게 맡기고 자신은 서울에 가서 취직해 돈을 모으려했다. ‘이대로 시골에 눌러 살면 애들 교육을 시킬 수 없겠다’고 생각한 거였어. 그래서 방규와 찬규를 다른 여자랑 살고 있던 그들 아버지에게 맡겼지. 하지만 애들이 울면서 그날 다시 돌아왔다. 아버지가 “너희 엄마한테 가라”고 내쫓은 거였어. 그런 모습을 보고는 내가 ‘고모가 혼자 가서 돈을 벌어야하는데 저 애들을 어찌해야 하나’ 그런 걱정을 한 거야. 그래서 내가 “애들은 나한테 맡겨 놓고 내가 식모살이를 할 수 있도록 주선해 줄 테니 가라”고 고모에게 그랬지.

그땐 내가 결혼을 해서 병찬이를 낳고 병기를 임신했을 무렵이다. 하지만 내가 인정만 있고 철이 없었지. 당시 우리 동네에 어떤 아주머니가 6.25 전쟁 뒤에 홀로되어 서울의 큰 ‘한양관’이란 곳에서 식모살이를 하면서 돈을 많이 벌었어. 그 사람이 우리 동네 아주머니 여럿을 식모로 데려갔지. 그래서 그

사람에게 고모를 소개시켜주고 고모 애들을 내가 맡
아 키우게 되었다.

　우리 고모가 음식 솜씨도 좋고 영리한 분이라 서
울에 간지 얼마 안 지나서부터 찬모로 일하면서 그
때 시골 면장 월급만큼이나 월급을 받았다. 그 당시
한 달 9천 원이면 큰돈이었는데 고모의 한 달 월급
이 9천 원이었어.29) 그렇게 벌어서 애들 학비도 대
고 옷도 사 입히라고 내게 4천 원씩을 보냈지.

　근데 나중에는 선님이가 사춘기였던지 가출을 해
서 제 엄마를 찾아가 "택시운전을 배우겠다"며 "운전
학원에 넣어 달라"고 떼를 써서 학원에 넣어 줬고,
또 방규는 납부금을 줬더니 가짜 영수증을 가져온
뒤 그 돈을 군것질로 다 써버렸다. 그렇게 어려운
일이 막 생기더라. 우리 고모가 나 결혼한 뒤부터는
신앙생활을 잘 하였다. 그러더니 찬모로 일하면서부
터는 안 믿는 사람들과 어울려 교회도 안 나가고 하

---

29) 「경향신문」의 1969년 5월 5일자, '한정된 봉급에 저축
　　만 가중'이란 기사를 살펴보면 당시 15년차 21호봉 교사
　　월급은 1만 8천 원이고 실수령액은 1만 4천원, 4급 을류
　　11년차 공무원 월급은 1만 3천원이고 국민저축, 세금을
　　제외한 실수령액은 9천 3백 원가량이다.

니까 마귀가 자꾸 이런저런 일로 시험을 했나 보더라.

그러다가 고모가 몹쓸 병(신장염)이 들어 내려왔고 우리 집에 오셔서 돌아가셨다. 찬모 생활을 약 3년쯤 하시다가 병이 들어 더 이상 일할 수 없게 되자 내려오셔서 투병생활을 하다 돌아가셨다.

**- 그때가 몇 년도에요?**

내가 병기 임신했을 때 고모가 서울로 갔고 두 살쯤 되었을 무렵 돌아가셨다. 우리 찬규가 초등학교 3학년 때 우리 집으로 왔고, 6학년 올라갈 때 고모가 돌아가셨으니 대략 1972년일 거다. 고모는 내게 큰 짐인 세 아들을 맡겨 두고 돌아가시고 말았어. 그때를 생각하면 기가 막힌다. 석규는 밖으로 떠돌아다니며 나쁜 짓을 일삼아 우리 부부 애간장을 다 녹였다. 간혹 찾아와서 우리 집에 돈이 있으면 훔쳐가는 짓을 하였다. 한 번에는 논을 살리려고 모아둔 돈 3만 원을 훔쳐가기도 했다. 그때 돈 3만 원이면 아마 지금 돈 백 만 원은 넘을 거다.[30] 그 돈이 다 떨어지니 들어왔는데 시커멓게 거지꼴을 하고 왔더라.

**- 논 사려고 애써 모아둔 돈을 훔쳐 갔으니 상심이 크셨겠네요?**

그러지도 않았어. 너희 아버지가 "허허, 기가 막힌다." 그러고는 도망간 석규를 애써 찾으려고도 하지 않고 그냥 내버려 뒀지. 우리 고모가 충청도 용문산 기도원에 갔을 때 석규를 데리고 가셨다. 근데 석규가 그곳에 있고 싶다고 해서 놔두고 왔나 보더라. 거기에 북하 신촌교회 오봉식 장로도 머물고 있고 그래서 두고 온 것이지. 근데 거기서도 신앙생활도 잘 안하고 지내다가 그곳 원장의 눈 밖에 났나 보더라. 그래서 거기서 돌아와서 매형 일도 안하고 '논팡이'(직업 없이 노는 남자를 얕잡아 이르는 말)가 되어서는 그런 짓을 하였다.

그러더니 가출해 폭력배들과 어울리다가 자신이 '화살받이' 노릇하며 유치장을 들락거렸다. 그러다가

---

30) 1975년 4급 공무원 본봉은 3만 690원이었고, 1974년 서울의 최신형 주택 가격은 340만 원이었다.

열여덟 살 때 정읍 유치장에서 죽었다는 기별이 왔지. 우리 부부가 가서 시신을 수습해 장례를 치렀는데 어찌하여 유치장에서 죽었는지 그 당시에는 우리 먹고 살기도 급급해 제대로 조사조차 하지 못하고 말았다.31)

여름방학을 하면 집안에 애들은 많고 그러니 내가 집안 일 하랴, 밭에 나가 일하랴 눈코 뜰 새 없었다. 그래서 내가 이따금 방규와 찬규를 데리고 밭도 매고 그랬지. 근데 찬규는 무슨 일을 좀 시키려고 하면 일하기 싫어서 어디로 숨어버리곤 하였다. 그러다가 우리가 밭에 나가 없을 때 슬그머니 나와서는 어린 봉례, 봉숙이, 병춘이, 병찬이의 왕초 노릇을 하였지. 감자를 꺼내 쪄서 먹고, 밥해 둔거 퍼먹고, 보리쌀도 몰래 꺼내 보자기에 담아서 내다 팔아 뭘 사

---

31) 조카인 정병진이 2018년 3월 7일 정읍 경찰서에 김석규의 사망진단서, 수형 번호와 수감 사유, 수감 기간, 매장지 기록 등을 찾아 달라고 정보공개 청구를 하였다. 하지만 3월 29일 정읍 경찰서에서는 "오랜 시일의 경과로 인해 청구 내용을 확인할 수 있는 수형인 명부, 범죄사건부 등 당시 자료를 보관하고 있지 않아 정읍경찰서 유치장에 수감 중 사망하였는지 여부 등을 확인할 수 없으며, 따라서 청구 내용을 공개할 수 없다"고 회신하였다.

먹고 그런 짓을 하다가 내가 저녁에 일마치고 돌아
올 때쯤엔 또 어디론가 숨곤 하였어. 그런 짓을 해
도 흔적을 남겼기에 나한테 다 들키지. 하지만 대체
어디에 숨어 있는지 찾을 수가 없었다.

근데 어느 날 저녁밥을 먹고 돼지 먹이를 주러 돼
지우리에 갔더니 어디서 사람 코고는 소리가 들리는
거야. '이상하다'는 생각에 두리번거리며 살펴보았지.
그 당시 너희 아버지가 돼지우리 위에 물건들을 올
려 두려고 널빤지를 올려놨거든. 근데 거기에 가마니
를 놓고는 모기가 자꾸 무니까 그 속에 들어가 머리
만 쏙 내 놓고 자고 있더라. 그러다가 잠이 들어 코
를 골았는데 그 소리에 그만 들키고 말았지.


**- 찬규 삼촌이 그렇게 숨어 지낸 기간이 일주일 이
상 되었나요?**


일주일까지는 아니지. 숨어 지내다 배고프면 나오
고 그랬으니까. 그럴 때마다 내가 너희 아버지 모르
게 그런 일 없는 것처럼 덮고 그랬다. 너희 아버지

가 아무리 마음이 넓다고 해도 찬규가 그러는 거 알았으면 가만 두겠냐.

찬규는 초등학교 6학년 봄방학 때 "나무하러 간다"고 가더니 산에서 담배를 피우다 산불을 내놓고는 가출해 버렸다. 그때 동네 사람들이 그 산불을 끄느라 고생하였다. 집을 나간 뒤에 서울에 올라가 어느 봉제공장에서 일했지. 찬규는 총각시절부터 간이 안 좋아 약을 먹으며 지냈다. 근데 결혼해 약 4~5년쯤 살다가 몸이 너무 안 좋아 원자력 병원에 가서 검진해 보니 간암이라며 3개월 밖에 살지 못할 것이라 하였다. 하지만 몇 년을 더 살다가 장성 할렐루야 기도원에서 사망하였다.

방규는 중학교 2년 1학기에 다니기 전 그의 어머니가 병들어 내려오시자 학교를 중퇴하였다. 그런 뒤 너희 아버지가 장성 국수공장에 취직시켰는데, 거기서 일하다가 근처 두부공장으로 옮겼다. 하지만 나중에 너희 아버지가 잘 있는지 가보니 우리에게 알리지도 않고는 두부공장을 나와서 서울로 갔더라. 방규나 찬규가 서울 생활하면서 고생을 많이 하였다. 방규는 그렇게 부지런히 일해서 모은 돈으로 광주에

내려와 지업사를 차렸다. 너희 병기 형이 한 동안
방규 가게에서 일하며 도배 기술을 익혔지. 그 덕분
에 너희 형이 도배와 건축 일을 하면서 먹고 살고
있는 거 보면 그렇게 은혜를 갚은 게 아닌가 싶다.

## 일곱 자녀를 낳기까지

**– 자녀 일곱을 낳으실 때 각각 어떤 일이 있었는지 궁금해요.**

너희 큰 누나 봉례를 임신했을 무렵에는 장성 내동 고모가 약수리에 살았다. 우리가 결혼해 그 집 작은방에서 살고 있었지. 내가 임신하였을 때 너희 고모도 넷째를 임신한 상태였다. 그래서 "한 집에서 아기 둘을 낳으면 하나가 치여서 못 쓴다(시달림을 당하다)면서 나에게 친정에 가서 아기를 낳고 오라"고 그러더라. '친정'이라고 갈 데도 없는 형편이었다. 근데 그런 말을 해서 내 고모에게 사정을 알렸지. 그러자 고모가 대방에 와서 낳으라고 하더라.

그래서 애기 낳을 준비를 해서 갔지. 가보니 세상에나, 집을 뜯으려고 짐을 챙기고 있는 거야. 남의 땅에 지은 집에 살다가 이제 집을 새로 지어 옮겨 살려고 그랬던 거지. 그 집은 본디 장사리 병구네 땅에 하진이가 지어서 자기 동생네에게 술장사와 점방을 하라고 준 거였어. 근데 나중에 그 동생 부인이 "더 이상 술장사 못하겠다."고 해서 우리에게 팔아 넘겼지. 그래서 그 집에서 우리가 살았는데 병구가 "집을 뜯으라."고 해서 우리 땅에 집을 다시 짓게 된 거였어.

집을 뜯는 모습을 보고는 내가 약수리로 돌아갈 수도 없고 그대로 있을 수도 없어 우두커니 서 있었지. 그러자 "첫 애이니 금방 나오진 않을 거다. 초가집이니 집을 뜯어서 갖다가 맞추고 바람벽 바르면 괜찮다. 들어가 낳게 할 거니 염려 말고 있으라."고 하더라.

그래서 대방에 있으면서 임시로 남의 쇠죽 쑤는 방을 하나 얻어서 거기서 지냈지. 근데 그 집 큰 방 주인 아들이 총각인데 나를 속으로 사모하며 살았나 보더라. 나는 그걸 전혀 몰랐고 결혼을 해버렸지. 그런데 거기서 애기를 낳아 갓난이가 울고 하니 그 총각이 자신의 어머니에게 자주 투정했나 보더라. "괜히 남에게 방을 내줘 시끄럽게 애기 울음소리가 나서 듣기 싫다"는 거였지.

우리 할머니가 그런 이야기를 들으시고는 "○○이가 '애기 소리 듣기 싫다'고 개지랄을 한다."는 말씀을 하더라. 그래서 그 총각이 '아기 낳을 곳도 없어 남의 집에서 아기를 낳았구나, 하고 속으로 나를 무시했겠다.'는 생각에 미안하기도 하고 창피하기도 하였지. 그래서 애기 난지 일주일 만에 약수리로 돌아왔다.

그때는 요즘처럼 자동차도 찾아보기 힘들었던 시절이라 대방에서 약수리까지 택시나 버스를 타고 간 게 아니다. 너희 아버지가 남의 자전거를 빌려 나를 뒤에 태우고 가고 갓난이인 너희 누나(봉례)는 너희 고모가 보대기에 싸서 그 먼 길을 보듬고 걸어 오셨지. 그때 일을 생각하면 나는 너희 고모가 짠하고 고맙더라.

그렇게 아기를 키우는데 내가 낳은 아기(봉례)는 첫애라 그런지 훤칠하니 생겼고 무럭무럭 크는데 너희 고모 애기는 나이 들어 네 번째 낳은 데다 못 먹고 살던 시절이라 얼굴색이 까맣고 안 좋아 보였어. 그래서 사람들이 두 아기를 비교하면서 "어째 저 애는 피부가 안 좋다"고 자꾸 그러니 너희 고모는 속상해하더라.

### – 봉숙이 누나는 어떻게 낳으셨어요?

그렇게 살다가 원동으로 이사를 갔다. 그런데 큰 방 주인인 우성이 아빠가 총각 때 교회 다니다가 중단했는데 나중에 다시 다니기 시작했지. 그래서 나도 너희 아버지 몰래 교회를 다니며 약 2년을 살았지. 그 동안 너희 작은 누나를 임신하여 출산할 날이 가까웠다.

그런데 집 주인은 예수를 믿기에 미신을 인정하지 않아 "괜찮다"는데도 그 형수가 "한 집에서 아기 둘을 낳으면 못 쓴다는데…"라는 말을 자꾸 했단다. 나한테는 직접 말하지 않았지만 야문이(야문의 조모가 정흥면의 고모) 엄마가 와서 "동생, 애기 낳을 때 이 집에서 낳지 말고 우리 집에 와서 낳으소."라는 말을 느닷없이 하더라. "왜 그러시냐?"고 했더니 그런 말을 전해 주더라. 그래서 애기 낳을 만반의 준비를 해서 기다리고 있었지.

그러던 어느 날 밤 자다가 갑자기 비위가 안 좋고

배가 살짝 아프기 시작하자 너희 아버지가 "어서 가자"고 마구 재촉을 하더라. 그래서 "가까운 집이니 아침에 밥 챙겨 먹고 천천히 가도 된다"고 해도 "얼른 가자"고 다그쳐서 야문이네 집으로 갔지. 그 집에 갔더니 간 지 두 시간 만에 애가 태어났다. 너희 누나가 성격이 급해서 그런지 태어날 때부터 그렇게 금방 나오더라. 그 집에 갈 때 새벽 2시 반이었고 애기 낳은 뒤 보니 4시 반이었다. 그래서 사흘 만에 집에 돌아와 키우며 살았지.

그런데 너희 큰누나만 있을 때는 우리가 셋방살이 하던 우성이네 집에서도 아기를 예뻐해 주며 별 말이 없었어. 그 집에서는 첫 애를 낳고는 아직 얼마 크지도 않았는데도 노리개(장난감)도 사다주며 각별히 챙겼다. 너희 큰 누나가 그 애기 노리개를 조금 만질라치면 못 만지게 하며 소리치고 그래서 기분이 썩 좋지 않았지. 근데 둘째 애기까지 생기자 더욱 눈치가 안 좋았어.

결국 너희 아버지가 '아무래도 집을 지어서 나가야 할 것 같다'고 결심을 했지. 그래서 관음봉까지 가서 집 지을 재목을 베어 지게로 져다가 건축 준비를 하였다. 당시는 전쟁 끝난 지 얼마 안 지난 때라 집 지을 재목 구하기가 무척 힘들었어. 도시락 챙겨 관음봉(가인봉)까지 반나절을 올라가야 적당한 나무를 겨우 구할 수 있었지. 그런데 누가 그걸 관에 신고해서 산림법을 어겼다고 너희 아버지가 군청에 불려 다니며 곤욕을 치렀지 않았냐. 그렇게 어렵싸리 집을 지은 지 닷새 만에 그 집에서 너희 큰 형을 낳았다.

- 집 짓느라 무척 고생을 하셨겠네요?

그랬지. 임산부가 일꾼들 밥해서 먹이느라 엄청 고생하였지. 목수 두 사람과 토수(土手)32)의 밥과 간식을 챙겨야 했고 위에 흙을 얹을 때는 온 동네 사람들이 울력해서 하루 일을 해 준다고 하여 그 사람들 약 25명의 밥을 해서 먹였다. 그때 내 나이 스물셋이었다. 그 어린 것이 임산부 상태로 혼자 그런

---

32) 토수(土手): 건축 공사에서 벽이나 천장, 바닥 따위에 흙, 회, 시멘트 따위를 바르는 일을 업으로 하는 사람.

일을 다 했다. 지금 생각하면 내가 어떻게 했는지 모르겠다.

애기 낳을 때는 벽 속에 한 번 더 발라야 하는데 우선 다급해서 그렇게 하지 않고 이사를 들어갔지. 그런데 너희 아버지가 "천정 도배를 위해 종이와 장판을 사러 간다"고 가더니 아무리 기다려도 오지 않는 거야. 그래서 나가봤더니 오다가 술을 먹고 취해서 용남이네 집에 들어가 주정을 부리고 있더라. 그래서 내가 부르니까 그제야 집에 왔지.

그날 저녁 내가 풀을 다 끓여 놓고 솥에 물 붓고 장작불을 때서 그 풀을 이겨 장판을 발랐지. 이웃 집 사람이랑 와서 장판을 함께 발랐다. 그 사람이 일을 끝내고 가려고 하니 너희 아버지가 "더 놀다 가라"고 막 붙잡는 거야. 나는 애가 나오려 해서 마음이 급한데 말이다. 그래서 "아이고 너무 늦은 시간이라 가서 주무셔야 한다"고 내가 그래서 가셨지. 그렇게 이웃 집 사람을 보내 놓고 조금 지나 애기를 바로 낳았어.


**- 병찬이 형은 어떻게 낳으셨어요?**

그 이후로는 내 집이니 편안히 애기를 낳았지. 병찬이, 병기 모두 마찬가지였어. 병찬이는 정월에 낳았다. 애기 일곱을 낳았어도 애기 낳을 때 병원 문턱에도 안 가봤다.

## - 애기 낳을 때 무슨 태몽 같은 거는 없었어요?

태몽은 봉례 낳을 때 꾸었는데 태몽이 안 좋았다. 큰 돼지가 숨을 몰아쉬며 벌떡 누워 있는데 내가 그 돼지를 마치 잡으려는 거처럼 작대기로 막 때렸다. 그런 태몽을 꾼 뒤 '내가 본래 닭도 제대로 못 쫓는 사람인데 어째서 그런 악한 짓을 했을까' 그 생각을 했는데 그게 안 좋았나봐. 나중에 너희 누나가 사고로 장애를 입었지.

병춘이 태몽은 좋았다. 옛날에는 대가구(대나무로 만든 상자)가 있어서 시장에 갈 때면 그걸 갖고 가서 물건을 사오곤 했다. 꿈에 우성이 엄마와 내가 어느 산에 대가구를 들고 갔어. 소나무가 누워 있고 거기에 으름넝쿨이 엄청 감고 올라가서 으름이 주렁 주렁 달려 있더라.

그런데 으름이 덜 익어 아직 벌어지진 않은 상태 였어. 그래서 내가 "오매, 으름이 많이도 열려 있네. 벌어지면 따 가면 좋겠지만 그 사이 누가 따 갈지 모르니 나는 지금 따 가야겠다!"며 그 생 으름을 대 가구에 한 가득 따서 담았지. 그걸 본 우성이 엄마 가 "생 것 가져가서 뭐하려고?" 그러더라. 그래서 내 가 "생것도 따서 말리면 약재로도 쓴다고 하데."라며 으름을 따서 가져왔지.

전에 너희 형이 송학을 그리는 화가로 활동할 때 그 태몽이 생각나곤 하더라. 내가 그 태몽을 꿀 때 꿈속에서 그 으름을 보고 "오매, 으름넝쿨이 예술적 으로 멋있게 올라가 많이 열렸네!"라는 말을 했었거 든. 너희 형이 자라나 예술적인 일을 하려고 그랬는 지 꿈에 내가 그런 말을 했었지.

**- 다른 자녀들을 낳을 때는 태몽을 안 꾸었어요?**

태몽을 꾸었지만 뚜렷이 기억나지 않는다. 너희

큰 누나와 봉숙이, 병춘이까지 셋 낳을 때에 꾼 태몽만 기억에 남아 있어. 하도 살기가 복잡해서 다른 애들 낳을 때는 태몽을 꾸었는데도 잊어버렸나봐.

너희 작은 누나(봉숙)는 내가 부자로 잘 살 줄 알았다. 그런데 별로다. 원동 암고랑 밭에 가면 도랑에 작은 보가 하나 있지 않냐? 그 보가 내 꿈에 엄청 넓고 큰 보로 보였어. 그 보 주변에 많은 사람이 둘러싸고 있어서 내가 애기를 업고 가다가 나도 서서 보았지. 그런데 사람들 하는 말이 그 보 안에 용이 들어 있다고 하더라. 그 용이 지금 일어나려 한다며 몰려들어 그걸 지켜보는 거였어.

근데 강하게 햇볕이 비추자 그 물이 은박지 빛나듯 반짝반짝 거려서 '참 요상하다'며 쳐다봤지. 그 물속에서 큰 소 한 마리가 벌떡 일어나더라. 그러고는 물을 줄줄 흘리며 서 있었어. 그런데 둘러싸 있는 사람들 중에 까만 치마에 흰 저고리를 입은 한 처녀가 나오더니 "이 소는 옥제(옥황상제)도 못 당할 큰 소"라 중얼거리며 자신이 들어가 꺼내겠다고 하더라. 그 처녀가 치마를 살짝 들고 물속에 들어가더니 고삐를 잡자 소가 물을 줄줄줄 흘리면서 섰다.

그런 꿈을 꾸었다.

그 꿈을 꾸고 내가 '이상하다'는 생각을 했다. 그런데 누가 그러더라. 꿈속에 보이는 물은 '재물'을 의미한다고. "꿈에 물이 많이 있는 걸 보면 재물이 많음을 뜻한다."고 하더라. 그 즈음 봉숙이가 생겼는데, 내 속으로 '내가 낳을 애가 앞으로 크게 될라나 보다'고 생각했지. 그래서 내가 항상 그 꿈을 안 잊고 있어. 그 꿈을 꾸고 내가 기분이 나쁘지 않고 좋았어.

**– 나를 낳으실 때는 초가집에서 슬레이트로 지붕개량을 할 무렵이라 기억이 있으신데, 병찬 형과 병기 형, 봉옥이 낳을 때는 딱히 무슨 기억에 남는 일이 없으시나 봐요?**

너 낳을 때도 우리는 애기 낳은 뒤에 지붕개량을 하려고 마음먹고 있었다. 근데 동네에서 지붕개량을 맡은 목수들에게 돈을 주고 순서를 정해야 하는데 동네 사람들이 서로 눈치만 보느라 일감을 안 줬어. 그 목수 중 한 사람이 신흥에 사는 너희 태면이 당

숙의 처남이었다. 동네에서 일감을 안 주자 그 사람
이 잔뜩 화가 나서 우리 집으로 와 "사돈네 것부터
하자"고 그랬나 보더라. 아무리 그러더라도 "곧 애기
를 낳아야 하니 다음에 해야 한다"며 너희 아버지가
거절해야 할 거 아니냐? 근데 그 사람 말을 듣고는
일을 시작했어.

그래서 지붕을 다 걷어 놓고 일을 이틀 하였는데
애기가 나오려고 그러니 내가 몹시 조바심이 났지.
애를 낳더라도 반찬이나 마련해 놓고 낳아야겠다는
생각에 낮에 일꾼들 점심을 챙겨주고 사거리 장을
갔다. 사거리 장을 갔다가 오는데 차속에서 허리가
막 물러나려고 하면서 애기가 나오려고 하더라. 속으
로 '아이고, 어찌할꼬!' 하면서 '집에 가서나 낳으면
좋겠다!' 하며 겨우 돌아왔지. 와서는 원동 용석이 누
나 은순이를 데려다가 "일꾼들 밥 좀 해주라"고 시
키고, 고구마 순을 많이 뜯어다가 너희 누나랑 모두
앉아서 벗기고 있었지.

그런데 일꾼들은 속히 일을 끝내 실적을 올리려고
전깃불을 켜 놓고 계속 일을 하는 거야. 애는 나오
려 하는데 지붕에서는 망치질을 하느라 탕탕거리며

못질을 해대니 사람 죽겠더라. 내가 "봉숙아, 아버지 일 그만하시라고 해라"고 시켰지. 그 말 듣고 너희 누나가 마당에서 "아버지, 엄마가 일 그만하라고요!" 라고 외쳤다. 이 말을 듣고 너희 아버지는 "나 아래 좀 내려갔다가 오겠다."고 내려 오셨어. 그 사이 애기가 나왔다. 그렇게 애기가 태어나자 목수가 가만히 뒷방에 들어가 있었나 보더라. 애를 낳고 뉘인 뒤 내가 "목수 양반은 어쨌소?"라고 물었더니 뒷방에서 목수가 "나 여기 있어요."라고 그러더라.

병찬이 낳을 때는 정월이었는데 경란이네가 우리 집 작은 방에서 살았다. 그 무렵 너희 아버지가 발동기를 갖고 백개리에 가서 정상기 할아버지네 집 나락을 훑었다. 그 할아버지가 "잘 지내냐?"고 묻자, 너희 아버지가 "잘 지낸다"며, "집 사람이 이달에 애를 낳을 예정"이라고 했나 보더라. 그러자 그 할아버지가 "이 약을 먹으면 옆 사람도 모르게 애를 수월하게 낳는다"면서 약 세 첩을 지어주더란다. 그래서 그 약을 갖고 와서 산기가 있자, 그 약을 달여 먹었더니 실제로 쉽게 애기(병찬)를 낳았다.

어째 병기 낳을 때는 어땠는지 별로 기억이 없다.

병기 낳을 무렵에는 우리 생활 형편이 좀 괜찮았다. 그래서 방규와 찬규를 데리고 있었지. 병기의 경우 방규와 찬규가 많이 업어 키웠다.

봉옥이 낳을 때는 애기 못 낳게 하려고 이경석 목사가 광주 조대병원에 예약을 해놨었다. "거기서 애기를 낳고 난관수술을 하라"는 거였어. 하지만 시골이라 밤에 애가 나오려고 하는데 택시 불러서 거기까지 갈 수도 없고 그래서 집에서 애를 낳고 말았지. 그런 뒤 병원에 안 가야하는데 애기를 낳은 지 사흘 만에 조대병원에 가서 수술을 했다.

그래서 그해 여름 내가 아주 그 후유증으로 죽으려다 살 정도 힘들었어. 애를 낳아 그렇지 않아도 기력이 없는 상태에 전신마취를 해서 수술을 하였으니 얼마나 힘이 달렸겠냐. 그래서 내가 죽기 아니면 살기로 겨우 살아났다. 그런 미련한 짓을 해서 괜한 고생을 했다. 수술을 한 병원이나 그 병원까지 데려간 이경석 목사, 따라간 나까지 왜 그렇게 했는지 모르겠어.


**- 본래 봉옥이는 안 낳으려다 낳은 거 아닌가요?**

너도 안 낳으려다 낳았지. 너도 안 낳으려 했는데 생겨서 내가 밥을 잘 못 먹고 그러니까 현봉이 엄마가 병원에 데려가 임신하였는지 여부를 진찰 받아보게 했지. 가서 진찰을 받아 보니 "임신했다"고 그러더라. 그래서 집에 와서 임신하였다고 그러자 너희 아버지가 괜히 잔뜩 화가 나가지고 내가 여름에 모심으면 새참을 해서 가져가려고 주전자 하나 사고 밥 바구니 하나 사서 왔더니 그걸 마당에 내던져버렸지. 아무런 이유도 없이 그랬다.

그때는 내가 찬규와 방규를 데리고 있었어. 내가 병원에 가면서 방규에게 "네가 매형 밥 좀 챙겨드려라"고 시켜놨지. 그래서 방규가 밥을 차려 드렸는데 안 잡수더란다. 그러고는 내가 집에 오자 "어떻다고 하던가?"라고 물어서 내가 "또 애기라" 했더니 그 말 떨어지자마자 주전자와 바구니를 마당에 내 던져버렸다. "더 낳지 않으려 했는데 애기를 배었다"며 행패를 부린 거지.

그런 일이 있어서 봉옥이는 절대 안 낳으려 하였

지. 그래서 다들 두 살 사이인데 봉옥이는 세 살 사
이이지 않느냐. 피임도 해보고 별짓을 다했는데 생기
고 말았지. 그래서 봉옥이 임신했을 때 너희 아버지
나 봉숙이까지도 "애를 지워야 한다"고 채근을 하였
지. 너희 아버지는 "동네 아무개 부인도 애기가 생겨
밥을 못 먹고 누워 있었는데 낙태한 뒤부터 밥 냄새
가 좋게 나서 음식점에 가서 맛있게 밥을 먹고 왔다
고 한다"면서 "가서 애를 지우고 오라"고 하더라.

　그 무렵 담양 ○○병원에 여의사가 한 사람이 있
었는데 "낙태 수술을 잘 한다"는 소문이 났어. 너희
외할머니한테 내가 말했더니 "그럼 나랑 같이 가자,
그 여의사가 낙태를 잘 한단다" 그러셨지. 그래서 너
희 외할머니와 함께 그 병원에 갔어. 가서 진찰을
받는데 그 의사가 "지금 애기를 떼면 엄마가 너무
몸이 약해서 죽을 수 있다"고 "안 된다"며 수술을
안 해주더라. 그래서 내가 "애들이 여섯이나 됩니다.
이참에는 꼭 안 낳아야 하니 수술을 해 달라"고 간
청했지. 그러자 의사가 "아이고, 집안 사정만 봐달라
고 하지 말고 당신 생명을 생각해야지. 그 애들 놔
두고 당신이 죽어도 괜찮아?"라고 그러더라. 그 말을

듣더니 너희 외할머니가 "얼른 가자"고 막 잡아끌어
서 그냥 왔다.

그렇게 그냥 왔더니 너희 아버지가 또 화가 나서
밥도 안 먹고 입이 뚝 나와서 그랬지. 그때는 너희
큰 누나는 다친 뒤라 너희 봉숙이 누나가 밥을 해서
차렸지. 하지만 너희 아버지도 밥을 안 드시고 나도
부아가 나서 안 먹고 잠을 못 이뤘다. 이튿날 아침
내가 "아무래도 장성 병원으로 가야겠다!"고 했더니
너희 아버지가 "나랑 같이 가자"고 하더라. 그래서
장성 ○○병원에 같이 갔지. 그 병원 원장이 그래도
양심 있는 사람이었나 봐. 진찰을 한 뒤 나에게 "안
쪽 병실에 가서 있으라."고 하였지. 병실에서 간호사
가 링거 주사를 주더라. 그래서 '내가 몸이 약해서
링거 주사를 맞힌 뒤에 낙태수술을 하려나 보다' 그
렇게 생각하고 있었지.

링거 주사가 다 끝난 뒤, 다시 원장 있는 데로 갔
는데 너희 아버지랑 같이 앉아 있더라. 그때 그 원
장이 "이번에는 수술이 안 되니 그냥 가시라"는 말
을 했어. "지금 애를 떼면 큰 일 난다"며 "그냥 가시
라"고 했지. 그 말을 들으니 내 마음이 기뻤어. 밥을

굶고 갔는데 링거를 맞고 나니 몸이 좀 괜찮더라. 너희 아버지가 "장에 좀 들러 고기 좀 사가지고 가자"고 해서 고기를 사서 갖고 와서 해서 먹었지. 그러고는 애를 안 떼고 그냥 낳았어. 그 원장이 "육 개월 되면 다시 오라"고 했는데, 임신 육 개월이 되자 애가 뱃속에서 딸싹거려 그때 가서 애를 떼면 내가 꼭 천벌 받을 거 같아서 그냥 병원에 안 가고 애를 낳았다. 그래서 하마터면 봉옥이는 못 태어날 뻔했는데 그렇게 낳았다.

**- 왜 육 개월 지나 다시 오라는 거였어요?**

병원에 갔을 때 임신 4개월째였는데, 보통 그때가 가장 위험하단다. 산모와 애기가 뒤엉켜 있어서 낙태하기가 무척 위험한 상태래. 자칫하면 산모가 죽을 수 있다고 하더라. 그래서 육 개월 지나 다시 오면 그때 약을 넣어 애만 죽여서 빼내는 수술을 하겠다는 거였지. 근데 그거는 살인죄가 아니겠냐? 그래서 내가 안 간 거야.

# 6. 농사에서 얻은 지혜

## 농사 이야기

너희 아버지는 기계(발동기) 갖고 돌아다니면서도 정작 집에 돈은 갖고 오지 않았어. 맨날 남 좋은 일만 하고 다니셨지. 근데 나는 '그냥 남들처럼 거짓없이 농사지어서 먹고 살면서 좀 차분하게 살면 좋겠다'고 생각했어. 맨날 이 집으로 저 집으로 불려 다니며 고생만 하고 돈은 못 벌고 그렇게 사는 게 싫었어. 너희 아버지는 집에 오시면 "누가 안 찾았어?" 이런 말을 자주 했다. 얼른 또 어디로 나가고 싶은 거였지.

**아버지**: 가난을 벗어나려고 발버둥 친 거지. 68년도 한해(旱害)가 들었다. 석 달이 지나도 비가 안 왔어. (어머니: "아이고 내가 그때 생각하면 징그러워. 아주") 근데 굶주림을 벗어나려고, 용두리 장상만 씨라고 있어. 나보다 한 살 더 많은 분이야. 그분과 함께 날가장보 안에서 양수기 돌리고 저녁에 밤에도 기계

소리 때문에 잠을 안 잤어. 보 주인이 라면을 갖다
줬어. 그러면 삶아 먹어야 하는데 잠을 못 자니까
사람이 비실비실해. 그런 생 라면을 터서 먹으며 집
에도 안 가고 살았어. 기름이 떨어져야 집에 갔지.

어머니: 그렇게 애썼어도 돈 한 푼도 안 가져왔어.

**- 어째서 그리 오랫동안 일하고도 돈을 못 버셨어
요?**

어머니: 그때는 비상이 걸려서 가뭄 대책으로 공무원
들이 양수기 지원 받아서 순전히 그 일에만 매달렸
거든. 그래서 논에도 물 나오는 곳에는 샘을 파서
양수기를 돌렸어. 정부에서 양수기 지원은 해 줘도
인건비는 지원해 주지 않았던가 봐. '일을 하면 당연
히 돈을 주리라'고 생각했는데 한 푼도 주지 않았어.
그때는 어디에 법적으로 호소하지도 못하고 그냥 죽
도록 일만하고 말았지.

**- 그 일하신 기간이 어느 정도였는데요?**

아버지: 석 달 가량이야.   석 달 간이나 비가 안 왔어. 나락을 심어서 패어서 고개 숙였는데도 비가 안 왔어. '새가장'(수몰 이전 흐르던 냇가 지명)이 다 말라서 내가 양수기를 돌리지 않았으면 다들 농사를 짓지 못했어. 내가 물을 뿜어서 물을 댔기에 농사가 가능하였지. 그때 청와대에서도 나와서 내 등을 토닥토닥 두드리며 "고생한다"고 격려하였다.

어머니: 그 바람에 당신은 놀아버린 거여. 남 좋은 일만 하고.

아버지: 나는 그렇게 남 좋은 일을 했기 때문에 지금까지 생명을 유지하고 산다고 생각해. 내 친구들 다 가버렸어('별세하였다'는 말씀). 용두리 전○○이는 치매 걸려서 지금 양로원에 갔단다.

어머니: 그때는 논의 풀을 매는 일도 물이 없어서 밭 매듯이 매야 하였어.

## – 그때는 '로터리' 기계도 없었어요?

아버지: 없었지. 소 쟁기로 갈아야 했어. ○○이 아버지가 아버지 때문에 원골로 왔다. 본래 총각 시절 담양에서 꽈배기 장사를 했었어. 그래서 ○○이 어매와 연애해서 결혼한 뒤 내가 원골에 살고 있어서 나를 따라와서 원골에 들어와 살았지. 나를 보고 원골에 들어와 살았으니 내가 도와줘야 하지 않았겠냐. 그래서 아무 것도 없는 주제에 재이 아재네 밭에 깨 농사를 엄청 많이 했어. 그렇게 해서  논 닷 마지기를 샀지.

근데 그 논이 냇가 곁이라 큰물에 떠내려가고 말았어. 장사리 가자면 용두리 지나 서낭당 모퉁이 '어름부'라는 데가 있어. 내가 양수할 줄 아니까 동아건설이 도로 확장 공사를 하는데, 못자리 때 그 공사 때문에 물을 못 댔어. 그래서 한 달 동안 못자리에 양수기로 물을 뿜어 주기로 하고 나는 포클레인 하루 쓰기로 약속했어. 쉽게 말해서 ○○이네 방천을 해 주려고 그랬던 거야.

한 달 내내 내가 자전거 타고 다니면서 못자리 물

을 뿜고 다녔어. 그래서 포클레인을 하루 빌려 써서 방천을 해 줬어. 그러면 당숙이 그러고 욕봤으니(고생하셨으니) 고마운 줄을 알아야할 것 아니냐. 고마운 줄도 모르더라. 그런 몽낭생이33)가 다 있어. 우리 집 보리 마람을 엮어서 놔뒀는데 ○○이 아버지가 장례식에 가느라고 자기네 보리 비늘을 덮을 마름(이엉)을 마련하지 못했다고 와서 걱정을 하더라. 그래서 우리 마름을 갖다가 덮어 줬어. 그러면 장례 마치고 왔으면 자신이 와서 우리 마름을 만들어 덮게 해 줘야할 건데 안 해주더라. 그래서 우리 집 보리는 다 썩히고 말았어. 너희 아버지는 그렇게 남 좋은 짓만 하고 살았다.

- 아버지는 발동기 갖고 여기저기 돌아다니며 일하시면 어머니는 남의 집 놉으로 가서 밭도 매고 그러셨어요?

남의 집 밭은 안 맸어. 애들이 많아 챙기느라 남의

―――――――――――――――――
33) '목석'(木石)을 일컫는 전라도 사투리.

집 밭 매러 다니진 못했지. 우리 집 밭매기도 벅찼어. 너희 아버지 없으면 나 혼자 밭도 매고 날마다 다니면서 논 풀도 매고 그랬다.

**– 사실상 논밭농사는 어머니 혼자 하셨군요.**

아버지: 그랬지.

어머니: 그러니 너희 큰 형이 내가 없으면 논에 간 줄 알고 혼자 논으로 왔다 갔다 하고 그랬다. 근데 어느 날은 비가 와서 내가 논에 안 갔고 화장실에 갔는데 막 울고 들어오더라. 그래서 "어디 갔다가 와서 우냐"고 물으니 "논에 갔다 왔다"고 하더라. 내가 논에 있는 줄 알고 가서 보니 내가 없어서 울고 들어온 거야.

**– 그 시절에는 경운기도 없어서 쟁기로 논을 갈고 농약도 없으셔서 요즘 말로 하자면 유기농으로 농사를 지으셨을 텐데요.**

그렇지. 보리 떼 깔고, 아니면 산에 가서 풀 베어다가 깔고 그랬지. 우리는 보리 떼만 깔고 농사를 지었어.

**- 망옷(퇴비)도 뿌리고 그랬어요?**

아버지: 망옷이 어디 있어?

어머니: 망옷은 밭에 뿌렸지. 망옷이 논에 뿌릴 만큼은 없었어. 소 키우고 그러는 사람들은 밭농사도 잘 짓고 그랬지만, 소 안 키우는 사람들은 망옷을 만들기 어려웠지.

**- 70년대까지는 그렇게 농사를 지으셨고, 나중에 경운기가 나와서 경운기로 농사를 짓기 시작하셨지요. 나 어릴 적 동네 어른 중 누군가 경운기를 타고 오다가 떨어져 돌아가신 분이 있었는데 누구시죠?**

어머니: 용석이 큰 아버지셨지. 용석이 큰 아버지를 ○○ 아버지가 경운기에 싣고 오다가 사고가 난 거

지.

아버지: 술 먹는 분이라 그랬어. 술 드신 분을 뭐 하
러 경운기에 태웠는지 모르겠어.

어머니: 경운기에서 내리다가 뒹굴어서 돌아가셨지.
그런데도 용석이 큰엄마랑 사촌 형이 쉬쉬하고 잘
마무리 했지. 자신의 부친이 술 드시고 "태워 달라."
고 해서 인정상 태우고 오다가 그런 사고가 났기에
좋게 마무리한 거야.

- 경운기라는 게 편리하기도 하지만 그렇게 위험하
다는 걸 어린 시절 그 사건을 보면 알 수 있을 거
같아요. 지금 생각하면 나 어릴 때만 해도 원골(원
동)이 큰 동네였고 각 가정마다 식구들도 많았어
요. 그런데 그 가난했던 시절에 밥 굶어 죽는 사
람이 없었지요?

아버지: 그랬지. 약수리 사람들이 원골로 품 팔러 왔
었지.

- 동네에서 노는 사람도 없었지요. 근데 지금 생각
  해 보셔요, 이렇게 잘 살고 발전을 했는데 일자리
  가 없어서 노는 사람이 많아요. 농촌은 텅텅 비어
  서 일손을 구하려고 해도 힘든 상황이지요. 이에
  대해서는 어떻게 생각하세요? 가난하긴 했지만 밥
  굶는 사람 없고 일자리 없어 노는 사람이 없던 그
  시절과 실직 노숙자들이 많아져서 밥을 얻어먹는
  사람들이 많이 생겨난 지금과 비교해 본다면요?

아버지: 지금은 배고픈 사람은 없지.

- 줄서서 밥을 얻어먹는 사람들이 많이 있잖아요.

어머니: 배고파서 그러는 거 아니야. 도시에서 일하
기 싫어서 그러는 거지. 지금은 아무리 가난하다고
해도 먹고 살려고 한다면 어떻게든 살 수 있어.

- 그것이 도시화의 문제거든요. 시골에서 도시로 다
  몰려갔고 그러다 보니 도시에서는 일자리가 부족
  하고 농촌에선 일손을 구하기 힘들고 이런 건 바

꿔어야 되지 않겠어요?

어머니: 바꿔어야지.

- 지금 6, 70년대 이야기를 하는데요, 그 당시 시골
  에서는 어린 학생이라도 농사일 거드는 걸 당연하
  게 여겼지요. 나도 어릴 때 학교만 갔다 오면 늘
  밭에 가서 해 질 때까지 김매기하고 그러던 게 기
  억나거든요. 그런데도 어머니 아버지는 나한테 일
  을 안 했다고 그러시더군요.

너희들은 일 안했어. 하지만 너희 큰형은 학교 갔다
오면 무조건 꼴 한 수레 베어오곤 했던 사람이다.

- 그 시절 나는 다른 집보다 더욱 큰 부자가 되어야
  겠다며 기를 쓰고 욕심을 냈던 사람들이 있었나
  요?

어머니: 있었지. 남의 노름 빚 대주고 부자 되어서
광주에 집을 사서 살고 그러더니 다 암 걸려 죽고

자식들도 잘 못되고 그러더라.

**- 그 당시 동네에서 노름하던 사람들이 있었나요?**

어머니: 그랬지. 노름 많이 했었지. 너희 아버지나 노름 할 줄 몰랐지.

아버지: 노름, 말하자면 만 원을 대주면 금방 돌아서서 이만 원을 받는 사람들이 있었다.

**- 그런 짓을 하는 사람들이 있었어요?**

아버지: 많았지.

어머니: 아, 노름꾼들만이 아니라 사기꾼들도 많았어. ○○ 어매가 애기 낳고 땡땡 부어서 밥을 못 먹고, 먹을 게 없어서 힘들게 살았다. 그런데 그의 가까운 친척이 서울서 와서 보고는 "나락 한 섬 값만 얻어 주면 내가 서울 가서 당장 보내 주겠다"며 나락 한 섬만 얻어 주라고 했지.

동네에서 돈도 갚을 능력이 있는 사람만 빌려 주지, 그런 능력 없으면 빚을 안 주거든. 그래서 한 섬 값을 못 얻어왔어. 근데 서울서 온 자기네 친척이 옆 사람을 보증 세워서 한 섬 값을 얻어 찧어서 아주머니 먹고 살라고 줬어. 주고 가서는 안 줘버리는 거야.

**– 한동네 살면서 사기 치는 인간들도 있었나 보네요?**

그랬어. 그게 이자가 이자를 낳고 계속 그래가지 나락 한 섬 값이 나중에는 육십 섬 값이 되었단다. 육십 섬이 되자 나중에는 보증 선 사람에게서 논으로 빼앗아 갔어. 보증을 선 사람이 이자가 불어날 때 조금씩 갚았어야 하는 건데 그냥 방치해 둬서 그런 일이 벌어진 거야. 나중에 논을 빼앗기려 할 때에서야 술을 먹고는 악을 쓰면서 그러고 다녔지만 법적으로 자신이 해봐야 지니 아무런 소용이 없었어. 그래서 그 사람은 술만 먹고 그러다가 결국 화병으로 돌아가시고 말았지. 그게 사기지 뭐냐.

- 그래도 도시 사람들보다는 농촌 사람들이 순박하
잖아요.

순박하니까 속기도 잘 했지. 나도 어떤 놈한테 보
리쌀 세 가마 값을 속았다. 그때 왜 그랬냐면 박정
희가 대통령이 돼서 보리를 전부 수매했어. 나중에
보리쌀로 방아 찧어 주었다. 그걸 '이중 곡가제'라고
했지. 그러니까 "다들 수매를 하라"고 면 직원들이
동네마다 알리고 다녔어. 보리를 덕석에 널어놓으면
면 직원들이 와서 "이거 수매해야 한다"고 그러더라.
그래서 다들 매상을 냈지.

그런데 식구들 밥을 먹여야 하는데 정부가 보리쌀
을 안 주는 거야. 보리라도 있으면 찧어 먹기라도
하는데 다 매상을 내서 보리가 없었지. 근데 어떤
놈이 와서 "장성만 가면 보리쌀을 얼마든지 살 수
있다"고 하더라. 그놈 형이 남창 지서장이었어.

들 논이 다 댐 만든다고 보상받았지만 아직 물이
안 찼으니 거기에다 지서장 마누라가 무를 갈았거든.
지서장 동생이 거기 와서 일하면서 "돈이 없어 못

사지 장성만 가면 얼마든지 보리쌀 구할 수 있다"고 하더라. 자신이 "보리쌀 세 가마를 구해 주겠다."고 장담을 해서 돈을 줬더니 그 돈을 갖다 써버리고 서울로 도망친 뒤 안 줬어.


**- 농사지으면서 가장 보람됐던 해는 언제였어요?**

아버지: 장성댐이 만들어지기 전에 기름진 논을 아홉 마지기 사서 농사를 지었는데 농사가 잘 되었던 해가 있었어. 그때가 가장 좋았었지. 북상면에서 그 논처럼 좋은 논은 없었다.

**- 아홉 마지기였는데 그 논에서 쌀이 몇 가마 나왔어요?**

어머니: 그 논을 나락으로 백 열다섯 섬을 주고 그 논을 샀다.

아버지: 지금껏 농사지은 것 중에서 제일 잘됐었는데

그 당시 몇 섬이 나왔는지는 잘 모르겠어. 내가 지금껏 농사지은 것 중에서 그해처럼 풍년 농사는 없었어.

- **오지셨겠네요?**

아버지: 그랬지.

어머니: 오졌지만 우리는 빚 갚느라고 힘들었지. 논이 워낙 좋았어. 그때 내가 애기 업고 논을 둘러보러 갔더니 이호 아버지가 "논에 갈 일 없습디다. 나락도 잘 되고 주인네도 오지 마라고 합디다", (웃음) 그런 말을 하더라. 그래서 가서 보니 실제로 그렇게 좋더라.

- **그때가 가장 젊은 시절이었지요? 사십대 초반이나 되던...**

어머니: 사십대 넘었어.

아버지: 자고로 남 좋은 일을 하면 상대방한테 인정

을 받아. 그 인정받는 건 돈 가지고 해결이 안 된다. 그 논을 서로 사려고 열두 사람이 욕심을 냈지만 그 주인이 나한테 팔았다. 백 넉 섬에 살 수 있었는데 바람이 들어가 백 열다섯 섬에 사게 됐다. 그때 팔려는 주인이 "같은 값이면 홍면이에게 팔아야겠다"고 했다.


**– 아버지가 남 좋은 일 많이 하고 사셨어도 그 덕을 보셨네요?**

어머니: 남 좋은 일 많이 해서 내 고생을 시켰지.

아버지: 남들 발동이 안 돌아가고 그러면 가서 고쳐 주면 돈을 받아와야 하지. 근데 내가 볼 때 그 사람이 나보다 더 가난에 쪼들려 사는 거야. 그러면 돈을 못 받아. ○○네 발동기를 고쳐 줬더니 그 삯으로 돈이 없어서 고춧가루를 주더라. 어쩔 것이냐. 돈이 없는 집인데. 한참 뒤에 보니 그 집이 ○○마을로 이사 와서 잘 사는 모습을 보고는 보람을 느꼈지. 하

지만 조금 뒤에 그 사람, 노름해서는 집안이 망하고 말았다. 그렇게 노름으로 집안 거덜 내는 사람들이 많았어.

- 아버지는 총각시절부터 노름은 안 했어요? 왜 안 하셨어요?

아버지: 그랬지. 노름을 해봐야 돈을 따를 못하니 안 했지.

어머니: 지금도 너희 아버지는 기계 고치는 이념을 못 버리고 고물 기계를 사서 갖다 놓고 고치느라 늘 그러신다. 마당 한 쪽에 봐라, 경운기 고물 갖다 놓고 지금도 고친다. 제발 그런 거 좀 이젠 안 했으면 좋겠어. 너희 아버지는 돈을 손에 좀 쥐고 있으면 그런 고물 기계 고칠 연구만 하시는가봐. 집이 고물상도 아닌데 그런 거 갖다 놓고 그러니 맘이 안 맞아.

- 아버지는 양봉기술도 있으시고, 기계도 잘 고치시

**고 그러니 좋잖아요.**

아버지: 남 못할 일시키고 사기 치는 거보다는 나아.

**- 어찌 그런 거에 비하겠어요?**

아버지: 남 못할 일시키고 사기 치는 사람, 잘 되는 사람은 눈 씻고 봐도 없어. 다들 망한다.

어머니: 그건 성경 말씀이 아니고 명심보감에 나온다. 악을 행하는 자는 숫돌 닳듯 사라진다고. 그러니까 너희 아버지 그거 하나는 좋다. 남 못할 일시키는 거보다는 내가 좀 고생을 하는 게 낫다고 그런 생각이거든.

아버지: 남한테 인정을 받고 신용을 얻는 것은 극히 힘이 드는데 신용을 잃은 것을 돈 갖고서 찾으려고 하면 돈 갖고는 해결이 안 된다. 한 번 신용이 떨어지면 '저 사람' 이렇게 생각하며 신뢰하지 않는다.

어머니: 그래, 그건 맞아.

아버지: 그게 잠언 11장 1절 말씀이다.

어머니: 나는 그래서 누구하고 이야기를 하다가도 그 사람이 악한 말을 시작하면 입을 닫아버린다. 저 사람과 나는 대화 상대가 안 된다, 그런 생각이야.

아버지: 베드로전서 4장 7절 말씀에, "만물의 마지막이 가까웠으니 너희는 정신을 차리고 기도해라"고 했지. 이렇게 중요한 말씀은 다 외워서 다닌다.

- 예수님 비유를 보면 씨 뿌리는 자의 비유, 가라지 비유, 겨자씨 비유 등 농사짓는 이야기가 많아요. 아버지와 어머니는 평생 농사를 지으며 사신 분들이신데 그런 예수님 비유를 읽으시면 어떤 생각이 드시나요?

어머니: 어떤 생각이 들긴, 다 진리의 말씀이란 생각이 들지.

- 씨 뿌리는 자의 비유에서는 삼십 배, 육십 배, 백 배의 결실을 이야기 하지요. 하지만 농사를 지어 서 그렇게 결실을 얻는 게 맞나요?

어머니: 백배보다 더 많은 결실을 얻지. 옥수수 한 알만을 생각해 보아라. 옥수수가 자라나면 그 옥수수 알이 백 개만 되냐? 그보다 훨씬 많이 열린다.

아버지: 농사를 짓는 사람은 농사지어 거둔 작물을 돈으로 바꾸는 재미보다 그 자라나는 농작물을 보는 재미가 훨씬 크다. 농사꾼은 그런 거야.

## 양봉하며 깨달은 것

**- 벌 농사는 한봉부터 시작하신 걸로 기억하는데 맨 처음 어떻게 시작하신 거예요?**

어머니: 너희 큰 형이 분봉해서 날아온 벌 한통을 받아왔다. 동네 앞으로 벌이 날아가자 사람들이 '벌 날아간다!'라고 소리쳤지. 그래서 그 벌떼를 쳐다보며 계속 따라갔다더라. 그 벌떼가 어디 뽕나무 밑으로 붙었고 그걸 보고 집에 와서 아버지에게 이야기를 했어. 그 벌을 너희 아버지가 받아왔지.

**- 분봉한 벌을 받아 오시는 방법을 아셨어요?**

어머니: 알았지. 그렇게 받아온 벌이 새끼를 낳고 해서 그렇게 키우는데 재미를 붙였지. 나중에는 백양사에서 남의 벌을 얻어다가 보태서 키웠다. 그렇게 벌 농사를 시작했어. 근데 나중에 한봉이 잘 안 되더라. 양봉들이 많아졌기 때문이었지. 그래서 양봉으로 바

꾼 거야.

**- 한봉은 1년에 한 차례 꿀을 따지요?**

1년에 한 번 꿀을 딴다고 해도 우리는 양심껏 하다 보니 꿀이 실리지 않았어. 꿀 들어간 걸 벌들이 다 먹어버렸거든. 나중에 꿀을 따려고 보니 빈집 밖에 없더라. 근데 백양사에서 한봉하는 사람들은 계속 설탕 밥을 넣어 준단다. 설탕을 넣어 주고는 그걸 꿀이라고 따서 팔아먹는 거야. 우리는 그런 짓은 할 수 없었지. 양봉은 꿀이 안 나올 때는 밥을 먹이고 꿀 나올 때는 따면 되는 거야. 그래서 우리가 따는 꿀은 진짜 꿀이야. 그걸 아니까 '이런 양봉업은 해도 되겠다' 해서 하는 거다.

**- 오랜 세월 동안 벌을 키우며 시행착오도 겪고 기술을 조금씩 습득을 하신 거네요?**

아버지: 그렇지. 한봉 키우는 사람들은 벌 키우는 걸 배우려고 하지 않아. 근데 양봉은 서로 가르쳐 주려

고 하고 정부 차원에서도 기술센터에서 지원을 해주면서 가르쳐줘.

**- 그럼 벌의 세계에서 배우신 지혜는 뭐예요?**

아버지: 많지. 왜냐, 벌을 안 키우면 전도 할 줄도 몰라.

**- 벌 키우면서 전도를 많이 하셨어요?**

아버지: 그렇지. 오늘도 장성 사거리에 사는 한 분 전도했다. 늙어서 죽을 날이 가까우니 '나도 이제 교회 다녀야겠다'고 하시더라.

**- 그게 벌 키우는 거와 무슨 관련이 있어요?**

어머니: 양봉하는 사람들 모임에서 만난 분을 전도하셨다는 이야기를 하시는 거야.

아버지: 벌은 꿀을 가지고 일을 많이 할 때는 한 달

밖에 못살고 일을 안 하고 놀 때는 넉 달도 더 산
다. 그러니까 사람이 가난하고 쪼들리게 살 때는 내
힘이 견뎌나지 못하도록 살고자 애를 쓴다. 먹고 살
려고. 그러다가 가난하던 사람이 돈을 벌어 밥술이나
먹을 정도가 되면 수명이 다 안 되었는데도 그만큼
중노동을 하며 살았기 때문에 수명대로 못 살고 일
찍 죽지. 그러면 세상 사람들이 "저 사람은 밥 먹고
살만하니 죽어버렸다," 그러거든. 그만큼 일을 많이
하면 수명이 단축되는 거야. 벌을 보니 그걸 알겠어.


- **제가 볼 때는 사람은 '노는 사람들'이 더 빨리 사
  망하던데요?**

아버지: 들어봐. 우리 예수 믿는 사람은 엿새 동안
죽어라 일을 하고 교회에 가서 안식을 한다. 영의
양식을 먹기에 육체가 쉼을 얻어. 그래서 수명이 좀
연장되는 거야. 벌한테서 그걸 배웠어.


- **아버지가 벌한테 배울 게 아니라, "너희도 오래**

살고 싶거든 안식일을 지켜라"고 가르치셔야겠네
요. 벌들이 안식을 잘 몰라서 수명이 그리 짧으니
말이에요.

어머니: 너희 아버지는 벌한테 많이 배웠다고 할 게
아니라, '욕심을 많이 부리면 벌처럼 빨리 죽는다'는
걸 깨달았다고 해야 되는 거야.

- 맞아요, 그건 말씀이 맞아요. 저 벌들이 '안식'을
  모르고 일만 하니까 일찍 죽잖아요. (한바탕 웃음)

아버지: 옛날에는 벌이 분봉을 하면 그걸 받아서 키
웠어. 지금은 기술이 발달해서 왕대를 만들어서 분가
를 시킨다. 왕대를 만들어서 나도 쓰고 남 좋은 일
도 하고 그러지. 자고로 내가 돈은 많이 못 벌었어
도 남 좋은 일은 많이 하려고 노력한 사람이야. 그
래서 집에 가만히 앉아 있으면 전화해서 "우리 집
수도 물이 안 나오니 고쳐 달라"고 하는 분이 있어.
그러면 내가 가서 돈을 받고 고쳐 주는 게 아니라
그냥 고쳐 주거든. 내 몸은 힘들어도 가서 고쳐주는

거야. 그 사람 좋아하는 모습 보고 싶어서.

**- 벌 키우시며 배운 지혜, 더는 없어요?**

아버지: 많지.

어머니: 무엇이 그리 많소?

아버지: 꿀이 나올 때는 네 것 내 것이 없어. 싸우지 않아. 꿀이 안 나오는 무멸기 때(꿀이 안 나오는 시기)는 너 죽고 나 죽고 식으로 싸우느라 서로 합쳐지지 않아.

**- 일벌끼리 그렇게 싸워요?**

아버지: 그렇지. 자기 식구를 다 알아. 자기 벌통과 옆 벌통을 다 구분할 줄 알아.

어머니: 우리 벌통과 이웃집 벌통이 가까이 놓여 있다면, 꿀이 한창 나올 때는 우리 집 벌이 꿀을 물고

오다가 무겁다고 이웃집 벌통으로 들어가면 그때는 다 받아줘. 그런데 꿀이 안 나올 때 다른 집 벌통으로 가면 물려 죽어.

**- 우리 사람도 여유가 있을 때는 베풀지만 내가 당장 굶어 죽게 생겼을 때는 다른 사람에게 베풀지 않잖아요. 그런 거와 비슷하네요.**

아버지: 그러니까 도둑놈이 쌀가마니를 우리 집 창고에다 착착 쟁여놓는다고 하면 왜 그를 죽이겠냐. 해코지를 할 필요가 없지. 쌀가마니를 갖다가 쟁여 놓는데 해코지를 하겠냐? 하지만 만약 흉년이 들었는데 우리 집 창고에 있는 쌀가마니를 도둑놈이 꺼내서 가려고 한다면 어쩌겠어? 칼부림이 나겠지.

벌 두 통이 있다고 치자. 한 통은 여덟 장 벌이고, 다른 한 통은 세 장 벌이야. 이때 세 장 벌 쪽이 약하니 여덟 장인 벌에서 세 장을 약한 벌통으로 옮기면 꿀이 잘 나오는 시기에는 괜찮아. 하지만 무멸기 때 그렇게 옮기면 자기네 벌이 아닌 "적군이 침입했다"며 다 물어 죽이는 사태가 벌어진다. 요새는 들깨 꿀이 조금 나오는 시기야. 그러니까 넘치는 벌통에서 약한 벌통으로 한 장씩 옮겨 보태주는 작업을 한다.

**- 꿀이 실리는 건 어떻게 알아요?**

아버지: 벌 행동을 보면 금방 알지.
어머니: 벌이 꿀을 물고 올 때는 몸을 바쁘게 움직여.

**- 화분을 달고 오는 걸 보면 아는 건가요?**

아버지: 화분은 발에 달고 오고, 꿀은 꿀주머니가 따로 있어.
어머니: 아기 밴 사람 같이 배가 불러서 와. 그렇게 와서 꿀을 뱉어내지.

아버지: 옛날 너희 할머니 누에 키울 때, 누에가 뽕을 다 먹고 올라갈 때가 되면 누에가 누렇다. 그러면 집 만들기 좋게 볏짚을 도막도막 20cm씩 잘라서

새끼줄에다 꿰지. 그러면 엉성하게 된 그곳에다 누에들이 집을 짓지. 그러니까 꿀이 나올 즈음에는 벌들도 물그럼하니(묽게) 벌통에 들어간다. 알아. 꿀이 들어가는 줄을.

어머니: 꿀을 물고 오는 벌은 몸을 무겁게 놀려. 그걸 보면 벌써 나도 알아. 꿀 들어간다, 안 들어간다, 그렇게 구분이 가능하지.

**- 요새도 말벌 많이 찾아와요?**

아버지: 올해는 좀 별로 없는 편이더라. 내가 오늘 열다섯 마리쯤 잡았어.

**- 왜 그런가요?**

아버지: 몰라, 올해는 좀 날이 가물어서 그런 것 같아.

**- 올해 꿀은 많이 따셨어요?**

아버지: 올해 전국적으로 꿀이 흉년이야.

어머니: 너무 날이 가물어서 꿀이 안 나왔어.

아버지: 아카시아가 다 얼어버린 데다 전국적으로 가물어서 꿀이 안 나왔어. 흉년이 들었다고 해서 꿀 값을 더 비싸게도 못 받아. 꿀은 풍년이어도 그 가격이고 흉년이어도 같은 가격이야. 비싸게 받으면 외국서 수입하거든. 전국 양봉협회가 그걸 막으려고 가격을 묶어 두는 것이지. 그래서 양봉 농협이 따로 있지.

 – 도시 사는 아버지와 어머니 연배 사람들은 이미 다 은퇴를 해서 경로당에서 하루 종일 지냅니다. 할머니들은 TV만 보시고 할아버지들은 10원 짜리, 100원 짜리 장기를 두시지요. 그걸 보면 불쌍하지요. 하지만 적어도 아버지와 어머니는 고추도 따고 꿀을 따는 등 뭔가 창의적인 일을 계속 하시지요. 그게 다른 것 같아요.

아버지: 그렇지. 들어봐. 고추를 우리는 돈 받고 팔아도 우리가 먹을 것처럼 똑같이 행여나 티끌 하나 들어갈까 씻고 또 씻고 해서 꼭지도 다 따서 말리거든. 근데 금년에 고추 값이 비싸다고 하더니 담양 장에서 한 근에 만 팔천 오백 원을 받더라. 우리는 한 근에 2만 원씩 받는데 말이야. 그러면 내가 생각할 때 우리 고추라고 해서가 아니라 우리 고추 2만 원짜리가 훨씬 싸단 말이야. 만 팔천오백 원짜리를 사서 꼭지 따고 어쩌고 그러면 우리 고추보다 더 나쁜데다 한 근이 줄어들고 말지. 그러면 가격을 따지고 볼 때 우리 것이 더 싼 편인 거야. 그럼에도 무조건 이만 원이라 비싸다고 사람들이 안 사더라.

어머니: 고추는 봐야 하는데 가격만 말을 하다 보니 그런 거야.

아버지: 고추를 보면, '아 싸다' 하고 가져가. 복섭이가 고추 일곱 근을 사겠다고 왔어. 고추를 보고 열 근을 사가더라. 자신이 산 고추보다 훨씬 좋거든.

어머니: 고추도 부대 속에 솜을 박아서 팔려고 하는 사람들이 있는가 봐. 그러니까 사람들이 바닥에 부어서 뒤적여 보고 사는 가봐. 언제 한 번 내가 고추를 팔러 갔는데 "저 아줌마 보니 속이나 겉이나 같겠구면." 그러더라. '뭔 말인고?' 했었지. "아줌마 보니 부어 볼 것 없어. 부어 볼 것 없어" 그러고 사가더라고. 나는 속에다 뭔가 집어넣어 부풀린 사람들이 어디 있을까 했어.

내가 학교서 조리사로 일하면서 고추 농사해서 고추 좀 따서 남의 집 옥상에 널어놓고 간혹 비가 오는 때가 있었어. 그러면 학교서 일하다가 집에 올 수도 없고 그때 너희 큰누나는 집에 있었지만 가서 담을 줄도 모르니 애간장이 녹았다. '내가 한 달간 일한 돈으로 고추를 사 먹고 고추 농사를 안 해야 내 속이 편할라나 보다,' 하고 그 이듬해에 고추를 안 했어.

우리 밭 옆 밭을 ○○네가 농사를 짓도록 우리가 얻어 줘서 그 밭을 벌어먹었거든. 그래서 ○○네가 고추를 많이 심었기에 "우리는 댁네 고추를 사겠으니 고추 팔 때 꼭 우리한테 한 삼십 근 팔으시오."
라고 말해놨지. "그러겠다."고 하더라. 그런데 고추를
팔 때가 되니까 "우리 고추 삼십 근 사러 언제 갈까
요?"라고 하니 "아이고, 중이 아니라도 망근이 동나
요, 서로 달라고 하니…" 그렇게 말하는 거야. 이 말
을 들으니 내가 몹시 언짢더라.

아버지: 내가 서둘러서 이곳으로 이사하게 도와주고
집과 밭을 얻어 줬는데도 인정머리 없이 그렇더라.

어머니: 그래서 내가 장에 가서 고추 스물두 근을
샀어. 그래서 자루 채 판다고 해서 사서 가져왔더니
와서 보니 순전히 속에는 묵은 고추고 위쪽에다만
햇고추를 담았더라. 그렇게 불량한 사람들도 있더라
니까. 그 뒤부터 '고추는 내가 해야겠다' 결심하고
직접 농사를 한다. 나는 속이나 겉이나 똑같이 해서
팔지 그런 짓은 절대 안 한다.

아버지: 담양 봉산 와우 딸기가 어째서 서울 가락동
시장에서 인정받는 지 아냐? 와우리 사람들은 속이

지 않는다. 겉이나 속이나 똑같거든. 가락동 시장에
서 인정받는 그 브랜드, 그게 돈이여. 영광 굴비가
어째서 유명하고 알아주겠냐? 그만큼 맛있게 만들기
때문에 그 브랜드를 얻은 거야. 돈 가지고 그런 걸
얻지를 못하는 거다. 꿀 병에 내 사진과 전화번호를
왜 붙여서 팔겠냐? 만일 한 번 잘못되면 그 다음에
는 장사를 못하는 거야. 그만큼 책임지고 정직하게
팔겠다는 것이지.

## 옛 사람들의 생활 지혜

– 저는 지금은 사라졌지만 옛날에는 있었던 삶의 지혜가 아쉬워요. 그런 지혜를 가진 분이 돌아가심으로써 그 맥이 끊기는 경우들이 있잖아요. 예전에 나 어릴 적에 아버지가 동네 형의 등을 따서 눈을 고쳐준 기억이 있는데 그건 뭐예요?

아버지: '석 딴다'는 것이지. 눈이 느닷없이 빨갛게 되어 침침하니 안 보이는 사람의 등을 바늘로 따는 걸 옛날엔 '석 딴다' 그랬어. '피석'을 따는 거야. 그런 사람 등을 보면 사마귀처럼 조금 불룩 튀어 나온 게 있어. 오른 쪽 눈이 그러면 왼쪽 등에 있고 왼쪽 눈이 그러면 오른 쪽 등에 있지. 그러면 그걸 바늘로 짜내는 거야. 그러면 먹피가 나온다.

– 그런 민간요법을 어떻게 아셨어요?

아버지: 소침을 잘 놓는 양반인 화룡 박용선 씨한테서 배웠지.

**- 내 어렸을 때 아버지가 동네 형 중에 누군가를 고치는 걸 봤어요.**

현일이였지. 현일이 눈이 갑자기 빨갛게 돼서 내가 등을 따주자 금세 나았어. 웬만한 거는 바늘로 따면 덧나게 마련이지. 하지만 석 따는 거는 덧나지 않아.

**- 근데 어찌 알고 아버지를 찾아왔어요?**

어머니: 소문이 나서 그때 하만에서도 와서 따고 가고 그랬어. 하만 김인섭 집사 형님도 찾아와서 "나 등의 석 좀 따 주소"라고 했었지. 그 늙으신 분이 웃통을 벗고 그래서 너희 아버지가 따 주신 적도 있지.

아버지: 지금은 병원 기술이 좋아서 그런 거 딸 필

요가 없지. 눈이 아프면 바로 안과병원을 가지 석 따는 사람이 누가 있냐.

**- 그런 방법을 알면 누구든 집에서 충분히 할 수 있 는 건데 무조건 병원만 찾잖아요.**

아버지: 그러지. 너 어릴 때 팔뚝이 빠졌을 때도 너 희 어머니가 고쳐줬지. 용두리 김중곤 씨 손자가 그 렇게 팔뚝이 빠져서 고쳐주기도 했지.

어머니: 이호도 내가 고쳐줬어.

아버지: 내가 알기로 옛날에는 목화를 심어서 어머니 들이 명을 잣고 그랬거든. 그때는 원골이 약 칠 십 호가 살았으니 동네가 상당히 컸어. 그런데 아침마다 대여섯 명씩 가락이 굽은 걸 너희 할아버지한테 가 져오는 사람들이 있었지.

**- 가락이 굽어서 온다는 게 뭐예요?**

아버지: 명을 잣고 그러려면 물레에 가락을 꼽고 돌리지 않냐. 가락이 굽으면 물레가 반듯이 안 돌아가는 거야. 그러면 너희 할아버지가 눈 하나 감고 반듯한가, 안 한가 보고는 반듯이 펴는 걸 잘하셨다. 그래서 아침마다 네 댓 명씩 찾아와서 펴달라고 부탁하는 사람들이 있다니까.

옛날에는 볏짚으로 마름(이엉)을 엮어 지붕도 이었지 않냐. 그러면 벽지 사람들도 마름을 엮어달라고 찾아와 너희 할아버지에게 부탁했어. 너희 할아버지가 이은 마름에서는 여름에 비가 안 샜어. 그렇게 이름이 나니까 하루 마름 엮어 지붕을 이어 주면 이틀 품을 받았어. 기술자라고. 그런 특기가 있으셨어. 그런 것도 기술이여. 아무나 할 수 있는 게 아니야.

**- 지금도 순천 낙안에서는 마름을 엮어 지붕을 이지요.**

아버지: 지금은 예수 믿는 사람이 많아서 그렇지 옛날에는 지붕을 이으려면 '손 없는 날' 했거든. 손 있

는 날 이으면 재수가 없다고. 손 있는 날 꼭 지붕을 이으려면 손 없는 날 마름 한 장을 얹어 놔. 그러면 손 있는 날 지붕을 이어도 상관이 없어. 이때 말하는 '손'이란 사람 손이 아니라 신(神)을 의미하는 거야.

## 〈기도시〉 사랑을 주옵소서

송경자

주님 감사합니다.
주님 고맙습니다.
주님의 크신 사랑을 받으며
그 넓은 주님의 은혜를 입으며
지금까지 살아왔기 때문입니다.

주여 믿음을 주옵소서
주여 능력을 주옵소서
나도 모르게 자꾸만 세상을
바라보기 때문입니다.
그리고
유혹받기 쉬운 시대에
살기 때문입니다.

주여 진실을 주옵소서

주님 사랑을 주옵소서
세상은 점점 살벌해지기 때문이며
사람들의 마음은 점차
외식해 가기 때문입니다.

모든 성경 말씀이 좋사오나
그 중에서 제가 사랑하는 말씀은
고전 13장이오니
그 말씀을 제 가정을
영원히 지켜주옵소서
예수님 이름으로 기도합니다.


아멘


(* 이 기도시는 장성 약수교회가 1984년 만든 문집 〈먼동이 틀 때〉에
실린 글입니다. 그 문집에는 송경자 집사의 이 기도시와 정홍면 집사의
간증문이 실렸습니다. 이 글을 간직했다가 제공해 주신 약수교회 김복술
장로님께 지면을 빌어 감사드립니다.)

## 《간증》 안수기도에 녹아지고!

정홍면


　저는 어려서 조실부모하고 일가친척들은 많았지만 그들의 도움을 하나도 받지 못하고 살아야만 했습니다. 그런 저에게는 너무나도 험한 고생의 연속이었습니다. 생활이 늘 궁핍하다보니 자연히 돈을 벌어야 한다는 생각뿐이었습니다. 힘들이지 않고 돈을 벌려면 기계 정비사가 되는 게 좋을 것 같아 그 꿈을 품었습니다.

이러한 나의 꿈이 실현되면서부터 내 생활도 점차 안정되었습니다. 그러다가 결혼을 하게 되었습니다. 처녀는 신앙 생활하는 사람인데 제가 교회에 다니지 않는다고 처녀 측에서 혼인의 반대의사를 전해 왔습니다. 그래서 나도 모르게 '저도 이제부터는 예수 믿겠다'고 작정하였습니다.

막상 결혼을 하게 되자 신앙생활과는 제 생활이 너

무도 거리가 멀었습니다. 어쩌면 교회에 나간다고 하는 것이 소가 도살장에 끌려들어가는 느낌이어서 도저히 교회에는 발을 들여 놓을 수가 없었습니다. 교회에 가나가는 것보다는 양심대로 살고 정직하게 살면 오히려 교회에 다니는 것보다 낫지 않겠느냐는 생각이었습니다.

일가친척들은 나를 외면하지만 영락 양로원에 계신 원장님은 저를 따뜻하게 대해주시면서 사랑해 주셨습니다. 그분은 이십 리 길이나 되는 길을 자전거로 찾아 오셔서 마태복음 25장의 열 처녀 비유를 말씀하시면서 뜨거운 전도를 하셨습니다.

그 후 신촌교회 박 장로님 댁 한지공장의 기계를 수리하려고 가서 일하던 중에 신촌교회 부흥집회에 참석하게 되었습니다. 박 장로님께서는 집회가 끝날 때까지 계시더라도 식사를 제공하겠다고 하셨습니다. 이 말씀을 듣고 '예수님의 사랑이 바로 이런 것이구나' 하고 깊이 깨달았습니다.

집회를 마치고 집에 돌아온 나는 박형구 전도사님의

안수기도를 받고 몸이 불같이 뜨거우면서 벼락에 맞은 사람처럼 되고 말았습니다. 그때부터 나는 교회에 나갔습니다.

생각해 보면 나는 누구보다도 제 아내가 교회에 나가는 것을 핍박하고 박해한 사울 같은 사람이었습니다. 별짓을 다해보았지만 제 아내의 신앙을 꺾을 수가 없었습니다. 이러한 내가 주님 앞에 거꾸러진 것입니다. 저 다메섹 도상에서 사울이 예수님 앞에 거꾸러졌듯이 말입니다.

제가 일생을 두고서 잊을 수 없는 김옥추 목사님의 기도 배경은 저를 더욱 깊은 믿음으로 밀어 넣는 촉진제가 되었습니다. 특별히 나 같은 죄인을 부르셔서 주님의 성전 짓는 일에도 동참하게 하여 주신 하나님 앞에 무한한 감사를 드립니다.

"나 같은 죄인 살리신 / 주 은혜 놀라와
   잃었던 생명 찾았고 / 광명을 얻었다"

《증언》

## "하룻밤에 스물다섯 명 없어졌단다."

### '한국전쟁 전후 장성지역 민간인 학살' 증언

정병진 (오마이뉴스 / 2016. 02.11)

지난 8일 설 명절을 맞아 광주의 큰형님 댁에서 부모님(정홍면, 82세), 송경자, 73세)을 뵈었다. 이 기회에 한국전쟁 전후 두 분이 직접 겪으신 민간인 학살 증언을 채록하고자 약 한 시간가량 인터뷰하였다. 아버님은 전남 장성 북하면 원골(원동), 어머님은 전남 북하면 대악리가 고향이시고 거기 살던 무렵 한국전쟁을 겪으셨다.

김득중, 한홍구 등 여러 현대사 연구자들은 한국전쟁 전후 민간인 학살 희생자가 100만 명 이상이라 말한다. 하지만 민간인 학살에 대한 철저한 조사는 아직 이루어지지 않고 있다. 거창과 노근리, 경산 코발트 광산 학살 등 극히 일부 지역의 학살 사건이 조명됐을 뿐 아직 밝혀지지 않은 사건이 너무도 많은 실정이다.

　이 인터뷰는 발생한 지 60년도 더 지난 사건들에 대한 두 분의 흐릿하고 단편적인 기억을 담았다는 한계가 있다. 그러나 이런 기억과 증언이 모이고 또 모여 까맣게 잊혔던 민간인 학살사건들이 언젠가는 재조명될 수 있을 것이다. 장성 지역의 민간인 학살 사건을 재구성하는 데 작은 도움이나마 되길 바라는 뜻에서 이 인터뷰를 여기에 소개한다(가독성을 높이고자 사투리는 표준어로 바꾸었다).

### "반란군 밥 해줬다고 처형"

- 아버지 열네 살 때(1949년), ○○네 조부, ○○ 조부가 죽어 소달구지에 실려 원골 마을로 들어오는 장면을 보셨다고 하셨는데. 그분들이 왜 돌아가셨어요?

"반란군들 밥해줬다고. 반란군들이 산에 다니다가 배고프니까 동네로 들어와서 구장 집(오늘날 마을 이장의 집)을 찾곤 했어. 다른 집에서는 밥을 안 해주니까. 구장네 집을 찾아가 거기서 밥을 시켜먹곤 했지.
그것이 들통 났어. 반란군 밥해줬다고. 그 죄로 군인
들이 데려다가 죽인 것이여."

- 반란군들이 원골에 자주 찾아왔어요? 원골만 찾아
온 것이 아니었을 텐데요.

"그렇지. 사방에 산봉우리에다가 봉홧불 피우고 삐라
붙이고."

- 전쟁 전에 그런 일이 많이 있었네요? 근데 원골에
선 아무튼 ○○ 조부, ○○ 조부가 걸렸군요. 그분들
이 붙잡혀서 어디에서 죽었어요?

"장성읍 야은리에서 죽었어. 군인들이 총살했지."

- 재판도 없이요?

"재판이 다 뭐여. 무법천지였는데."

**- 그냥 반란군 동조했다고 죽인 거예요?**

"그렇지. 너희 외할아버지도 구장 하시다가 그런 식으로 똑같이 죽었어."


## 구장이던 외할아버지의 죽음


**- 외할아버지는 어떻게 돌아가셨어요? 어머니가 얘기 좀 해보셔요.**

"우리 아버지는... 나는 그때 다섯 살 때여. 돌아가신지도 몰랐지. 할머니를 통해서 이야기를 계속 들었어. 반란군이 우리 동네에 많이 살았단다. 어느 날 반란군 연락병이 찾아오자 마을 사람들이 대학리 대방의 우리 집다가 데려다줬어. 우리 집에서 잠자리도 마련하고 밥을 해주라고 데려다줬지."

"너희 외할아버지가 구장이라 별수 없이 밥을 해줬어. 요즘으로 말하자면 그 사람을 우리 집 '서재'에서 지내게 한 거야. 근데 그 사람이 우리 아버지를

꾀어 데려오라는 지령을 받았던지 며칠 뒤 "이제 그
만 돌아가라"고 해도 안 가더란다. 그래서 우리 아버
지가 "여기에 있으면 안 되니 가라"고 겨우 설득해
보냈는데 길마재를 넘어가며 한없이 뒤를 돌아보더
래. 그래서 우리 아버지가 '저 놈이 가다가 필시 뭔
일을 내고야 말 놈인가 보다' 하고 걱정을 했어. 그
렇게 마지못해 재를 넘어가는 데까지 봤대. 근데 그
사람이 가다가 북이면 사거리에서 잡혔단다."

"지서에서 조사하자 반란군 연락병인 게 드러났지.
그리고 '너 어디서 자고 오느냐?'고 묻자 그가 우리
아버지 집에서 자고 온다고 이야기를 한 거야. 당장
군인들이 차를 몰고 와 우리 아버지 서재의 책들을
마당에다 다 던져 놓고는 뒤적거렸어. 혹시 무슨 비
밀문서나 있는 줄 알고. 근데 비밀문서는 아무것도
없고 책 속에서 우리 아버지 사진이 나오니 그 사진
을 들고 나갔대."

"그때 우리 아버지가 청년들 훈련대장이라 약수리에
서 훈련을 시키고 그 청년들과 함께 돌아오던 중 북

하 단전리 가는 길 서낭당 모퉁이에서 군인들을 만났지. 군인들이 '이 사진 주인 나오라'며 사진을 보였는데 그 사진이 우리 아버지인 거야. 대번 우리 아버지 얼굴이 흙빛이 되더란다."

"그래서 군인들이 차에 싣고 가버렸어. 끌고 가 갖은 고문을 하였나 봐. 그러면서 거기에 반란군이 누구누구냐고 계속 캐물었나 보더라. 누구누구 할 것이 아니라 마을 주민이 다 반란군이여. 산간지역이다 보니 그 안동네까지 다 반란군들이 장악했거든. 어렸지만 나도 기억이 난다. 깃대골이라는 데서 처녀 총각들 데려다가 노래도 가르치고 그랬어. 그 언니들 노래 배우는 데서 나도 구경하고 그랬어."

- 그 노래 기억이 나요?

"몰라. 그건 기억이 안 나. 아무튼 그 안마을 전체가 따지고 보면 다 반란군이지."

- 시골 마을마다 반란군에 많이 동조했군요.

"살려고 그랬지. 밤에 갑자기 나타나 총 들고 설치고 그러면 어쩌겠냐. 살라면 어쩔 수 없지. 우리 아버지는 구장이고 그러니 데려다가 써먹으려는데 안 따라가니 연락병을 보내 잠을 재운 거여. 그래서 우리 아버지를 잡아다가 고문을 하면서 거기서 제일 우두머리가 누군지 불라고 했나 봐. 근데 우리 아버지가 고문을 당하면서도 불지 않으셨대. 불지 않고 하도 고문이 심하니 혀를 깨 물으셨단다. 그러자 악질이라면서 장성 동암면으로 끌고 가 죽였다더라."

- 고문은 어디서 당했어요?

"장성읍 어느 경찰서에서 당했어. 누군가 아버지가 죽었다는 소식을 전해줬어. 시체도 맘대로 못 가져가는 때였어. 소달구지를 빌려 가지고 거적을 깔고 그 위에 마초를 깔고 데려왔대. 그대로 우리 동네를 못 들어오고 풍기라는 동네 앞에 놓고 우리 동네 청년들한테 부탁해서 풍기 뒷산에 묻었어. 그날 갑자기 우리 어머니가 집에서 옷을 챙겨갖고 막 울면서 나가셨어. 그러자 우리 할머니가 눈치를 채고 '뭔 일이 났는가 보다' 하고 통곡하셨고 동네 아주머니들이 마루에서 '뭔 일 없을 거'라며 할머니를 위로하던 기억이 난다."

"그러고 나는 아무 철딱서니가 없어 그 동네 전○○씨 집에 놀러 갔어. 그 집이 동네에서 제일 크고 서당방도 있고 그랬거든. 그 집 마당에서 많은 아이와 뛰면서 놀고 있는데 마당의 샘에서 닭을 잡더라. 그래서 동네 아이들이랑 빙 둘러서 닭 잡는 것을 구경했어. 근데 닭 피가 아저씨 손에 묻는 걸 보고 내가 '오매, 더럽다. 손에 피가 묻는다'고 하자 그 아저씨가 '뭣이 더럽기는 더러워야. 네 아버지 줄라고 잡는다' 그 말을 한 것이 기억이 난다."

"그래서 '우리 아버지는 눈에 안 보인 지가 오래됐고 집에 안 계신데 뭔 소릴까' 하며 내가 집에 돌아왔어. 할머니한테 "저기 ○○이네 집에서 닭을 잡는데 어떤 아저씨가 '네 아버지 줄라고 잡는다'고 했다"고 하니까 할머니가 "뭔 일이 났는가 보다"고 막 우시

더라. 그걸 보고 이웃집 사람들이 '예끼 놈!' 하면서
'잘 알지도 못하는 소리 한다'고 나를 나무라더라."

"나중에 커서 할머니와 이웃 사람들 이야기를 들어
보니 총을 귀 있는데 대고 쏘아서 뇌가 다 흘러나왔
대. 동네 사람들이 보는데 고모는 울고만 있고 어머
니는 흘러나온 것을 막 밀어 넣더란다. 피를 수건으
로 닦으면서. 그리고 새 옷을 입히더래. 그걸 보고
○○댁이라는 분이 '그래도 부부간이 제일인가 보더
라'고 말하더라."

"우리 아버지 입던 옷을 벗기고 새 옷을 입히는데
몸이 부어 옷이 안 들어가더래. 그래서 우리 아버지
친구 ○○이라는 사람이 이빨로 옷을 찢어 벗기고
자기 러닝셔츠로 피를 닦았다더라. 그 이야기를 듣고
항상 명절 돌아오면 그 집에 쌀을 갖다 주곤 했어.
그 은혜를 못 잊어서."

**- 그때 외할아버지 연세가 어떻게 되셨어요?**

"스물여섯 살."

"부자지간 줄 뺨을 때리게 했다"

- ○○네 조부, ○○ 조부가 돌아가시고 그다음에 뭔일이 있었어요? 아버지가 보신 것만 이야기 좀 해보셔요.

"학교 갔다가 돌아오는데 북상 지서 앞에 논배미에 동네 사람들을 모두 데려다가 부자지간에 '줄 뺨' 때리고 그러더라. 그때 너희 할아버지는 어떻게 잘못 맞았는지 이마에서 피가 많이 나서 더 이상 안 두들겨 맞았어. 누가 때렸는지 좌우간 이마에서 피가 많이 났어. 그 장면만 알아. 서로 때리게도 했고 경찰이 때리기도 했어. '야, 새끼야. 요렇게 때리라니까' 하면서."

- 때리는 시간이 얼마나 됐어요?

"시간을 내가 어떻게 알겠냐. 학교 갔다 오니 그러고

있는데. 몇 시부터 그랬는지는 모르지만 암튼 하루
종일 그랬을 거다. 지서 앞에 논배미가 있어. 그 논
배미에 세워 놓고 그랬어."

**- 아버지는 그거 보면서 어땠어요?**

"아, 치가 떨리지. 그때부터 원골 사람들은 빨갱이
마을 취급당했다. 일정시대 때 아버지는 1학년이었
고 김○○라는 사람이 6학년 급장이었어. 그 사람하
고 양○○ 씨가 원골서는 경비대 출신이야. 경비대
시절에 군대에 가서 계급이 높아. 그 두 사람 빽(뒷
배경)으로 원골이 그나마 유지했어. 김○○라는 사람
은 군사정부 때 황룡 면장까지 했어. 중령 계급 달
고."

**- 그 당시 원골이 65호 살았고 그때는 자식도 많이
낳고 그랬으니 적어도 200명 넘게 잡아다 그랬겠네
요?**

"몇 명인지는 몰라. 아무튼 논배미에 꽉 찼어."

– 전쟁 이후에 또 민간인 학살 사건을 목격하셨거나 들으셨던 거 있으면 이야기해 보세요. 원골 암고랑에서도 사람이 많이 죽었다면서요.

"그건 반란군들이 죽인 것이지. 우리 큰 밭 있지? 그 앞에 신우대(조릿대) 난 자리 있더냐. 거기다가 한 백여 명 죽였어. 내가 알기로."

– 죽이는 장면을 직접 보셨어요?

"직접 보지는 못하고 총소리만 들었고, 그 앞에 묻어 놓은 걸 봤지."

– 어디 사람들을 죽였어요?

"주로 덕재 사람들이지. 경찰이나 군경 가족. 지주들… 또 비석거리 앞 우리 밭 있지?
거기다도 얼마나 사람들을 많이 갖다 죽였는지 아버지가 무서워서 한동안 그 밭을 짓지 않았다. 한 세

구루마 정도는 사람들을 죽였을 거다."

**- 그건 누가 죽였어요?**

"거기는 국군이 죽인 거 같아. 화룡 가자면 도중에
자투리 밭이 있어. 새가장 보(장성댐 생기기 전에 있
던 보) 있는데 6.25 당시에 화룡에 이○○ 라는 분
이 그 밭을 5~6년 벌었어."

**- 낮에는 국군, 밤에는 인민군 그랬군요.**

"그땐 베트남하고 똑같아."

**- 어머니, 혹시 반란군이 죽인 사람들은 누군지 아
세요?**

"반란군한테 죽은 사람들은 밤에 산에 끌고 가서 죽
이니까 누군지도 몰라. 우리 친구들 아버지가 하룻저
녁에 스물다섯 명이 없어졌단다. 한동네에서 뻔히 위
아래 집에 살면서도 원수를 사지 않으려고 쉬쉬하고

그러니까 몰라."


## 동네 친구 권○○의 실종


**- 전에 아버지 친구 권○○씨도 죽었다고 하셨는데 어떻게 죽었지요?**


"원동 사람이고 아버지하고 동갑이다. 화룡 앞에 초소에서 잡혀서 죽었지. 그때는 호적등본이 증명이여. 그걸 들고 다녀야 했어. 호적등본을 보니 그의 형이 있잖으냐. 경비병이 '너희 형은 어디 갔냐?' 하고 묻자 '반란군 따라 갔어요'라고 답했지. 그러자 두말할 것 없이 데리고 가서 죽여 버린 거여."


**- 반란군 가족이라는 이유로요?**


"그랬겠지."


**- 그건 직접 보신 거예요?**

"나하고 둘이 걸어갈 때 있었던 일이야." "너희 형은 어디 갔냐?" 하니 "반란군 따라갔어요." 그랬어. 6.25 터진 뒤 군인들이 진주했을 때였어. 죽이는 건 못 봤지만 그때 끌려가서 돌아오지 않았으니 죽은 줄 아는 거지. 시신도 못 찾았어. ○○는 달음박질하면 날다시피 했어. 그렇게 달음박질을 잘했어. 근데 그렇게 죽었다. 나는 초소 통과해서 용두리로 갔지. 피란을 용두리로 갔으니 늘 원골로 왔다 갔다 했지. 먹을 것을 가지러. 동네 친구 하나가 그날로 없어졌어."

## * 송경자 연보

1945년 1월 전남 장성 대방에서 아버지 송영옥 (1923~1949)과 어머니는 변봉임(1926~1994)의 큰 딸로 출생.

1949년(5세) 4월 17일, 부친 송영옥 마을 이장을 하던 중 반란군을 숨겨줬다고 끌려가 장성 경찰서에서 학살됨(향년 26세).

1950년(6세) 봄. 어머니 변봉임이 외가에 가서 있다가 질마재 넘어 돌아오다가 셋째를 사산함.

1951년(7세) 여름, 청진에 살던 고모가 1.4후퇴 때 친정 대방에 내려옴. 어머니 변봉임 가출하여 성암 진창연과 재혼. 전쟁으로 인해 약수 화룡마을에서 살다가 빨치산과 국군의 교전이 잦아 더 이상 살지 못하고 장성 부심재 너머 호산마을 이사. 거기서 몇 달 살고 다시 약수리로 이사 나옴(약수에서 약 1년 반 정도 살았음).

1952년(8세) 봄. 약수리에서 피란생활 할 때 동생 송선자 장티푸스에 걸려 사망.

1954년(10세) 전쟁이 끝나자 대방의 빈터만 남은 옛 집터로 돌아감. 땅을 조금 팔아서 그 돈으로 집을 다시 건축. 이때 고모가 방규의 부친을 만남.

1956년(12세) 학교에 입학. 나이 때문에 3학년으로 입학함. 집에서 "일해야 한다"며 "학교를 그만두라"고 하여 3년 2학기 때 자퇴.

1957년 - 1958년(13-14세) 월성에 세워진 가톨릭 선교당에 다니기 시작. 14세 때 영세를 받으려다 '부모가 없다'는 이유로 받지 못함. 장로였던 담양의 작은 할아버지(송흥진) 권유로 장사교회에 다니기 시작.

1959년(15세) 봄 미국인 선교사인 인도아 목사에게 학습 받음.

1960년(16세) 11월 28일(음력: 10월 21일) 정홍면 과 구식으로 결혼(결혼장소: 장사리 송경자의 친정 집)하여 약수리에서 신혼살림을 차림.

1963년 (19세) 큰 딸 정봉례 낳음.

1964년 (20세) 딸 봉례가 돌이 지나자 곧바로 원동 으로 이사(우성이네 작은 방을 고쳐서 살았음). 덕재교회 김옥추 전도사가 원동 김상기(우성 아버지) 씨를 심방을 다녀간 뒤 혼자서 덕재교회까지 아기를 업고 찾아갔고 그때부터 결혼한 뒤 쉬고 있던 교회 에 다시 출석하기 시작. 9월에 둘째 딸 봉숙 낳음.

1965년(21세) 이때 남편 정홍면은 발동기 사업차 여러 마을을 돌아다니며 일함. 정홍면이 이승만 정권 의 토지개혁 때 유상 매입한 절논 네 마지기를 내동 시누가 무상으로 3년간 지음. 송경자의 강력한 요구 로 같이 살던 셋째 시누 집에서 독립한 뒤, 네 마지기 논을 팔서 발동기 구입 때 진 빚을 갚고, 조금 남은 돈으로는 모래 논 3마지기를 샀음.

1966년(22세) 가을, 덕재교회에서 인도아 목사에게 세례 받음. 남편이 교회에 못 다니게 하려고 자주 핍박함. 김옥추 전도사가 심방하여 남편 홍면을 "교회에 나오라"고 수차례 강권함. 큰아들 정병춘 낳음. 두 달 정도 공사를 하여 5월에 새 집을 짓고 이사.

1968년(24세) 둘째 아들 정병찬 낳음.

1970년(26세) 셋째 아들 정병기 낳음.

1972년(28세) 초가지붕을 뜯고 슬래브를 올릴 무렵 넷째 아들 정병진 낳음.
송경자의 고모 송애순 지병으로 별세.

1975년(31세) 봄, 초등학교 5학년이던 큰 딸 정봉례가 학교에서 같은 반 학생이 책상에서 밀어 머리를 다친 뒤 인지 기능 영구 장애를 입음. 막내 정봉옥 낳음.

1977년(33세) 수몰. 장성호 만들어짐.

1985년(41세) 12월  병기 복막염으로 입원.
1986년(42세) 4월  병찬, 병기 담양에 자취방을 얻어 고등학교 통학. 6월 찬규 요양차 장성에 내려옴. 7월 남편 정홍면 집사가 장로 피택됨.

1987년(43세) 7월 병기 담양 봉산 월전마을에서 백사(白蛇) 잡음(mbc, kbs 저녁 9시 뉴스에서 보도)

1988년(44세) 장성과 담양을 오가며 농사를 짓고 살다가 담양 봉산면 양지리로 이사. 송경자 담양 봉산 양지초 조리사로 취업.

1994년(50세) 5월 찬규가 간암으로 사망(향년 35세). 사 망 전 잠시 장성 집에서 요양.
3월 9일 모친 변봉임 별세.

1999년(55세) 송경자 봉산 양지초 조리사 퇴직.
이후 남편과 함께 농사에 매진.


2011년(68세) 11월 전대병원에서 5시간에 걸쳐 소
화기관 수술
2012년(69세) 9월 큰딸 봉례 당뇨 합병증으로 투
병생활하다 별세


2018년(75세) 베트남 하노이로 이민 간 병찬의
초청으로 베트남 여행(부모님, 봉숙, 병기 가족)

정흥면, 송경자 혼례(1960년)

1976년경 약수교회 소풍 중에 이경석 목사 가정과 함께

1968년 8월 한해(旱害) 때 날가장보에서(가운데 정홍면)

변봉임, 진창연 부부

송경자와 큰 딸 가족, 세 며느리와 손주들

가족사진(1981년, 교회소풍 때 원동 쇠정이 밭에서)

송경자, 정홍면 부부(2020. 7. 12, 여수에서)

## * 가계도

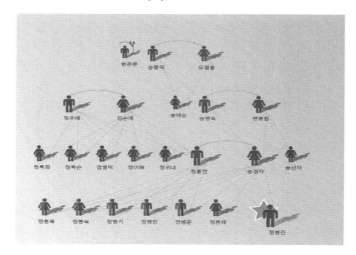

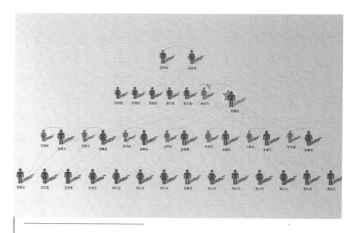

# 아리랑 고개 너머

**발　행** | 2020년 08월 03일
**저　자** | 구술: 송경자, 편집: 정병진
**펴낸이** | 한건희
**펴낸곳** | 주식회사 부크크
**출판사등록** | 2014.07.15.(제2014-16호)
**주　소** | 서울특별시 금천구 가산디지털1로 119 SK트윈타워 A동 305호
**전　화** | 1670-8316
**이메일** | info@bookk.co.kr

ISBN | 979-11-372-1401-9

www.bookk.co.kr